Hopper

Einmal Twitter und zurück

Ein Lehrerleben in Kurzgeschichten

tredition

Verlagslabel: @arnebanani

Druck und Distribution im Auftrag des Autors:
tredition GmbH, Heinz-Beusen-Stieg 5, 22926 Ahrensburg, Germany

Inhalt

„Wer eine Zukunft aufbauen will, muss die Vergangenheit kennen."

Otto Frank (1889 - 1980)

Vorwort

Dieses Buch enthält hauptsächlich meine Threads und Tweets, die ich in ca. drei Jahren bei Twitter veröffentlicht habe. Abgesehen von dem Versprechen an meine Frau, dort auszusteigen, hat sich Twitter seit der Übernahme durch Elon Musk deutlich verändert. Insofern kann ich guten Gewissens gehen und mich mit den folgenden 200 Seiten von Euch, liebe Follower:innen verabschieden. Ich bin damit raus. Die Geschichten bleiben.

Da mir von Anfang an klar war, auch aufgrund zahlreicher negativer Erfahrungen anderer Mitstreiter:innen, dass Anonymität im Netz für normale Personen wie mich notwendig war und ist, traf ich mit wachsender Fangemeinde die Entscheidung, mich Hopper zu nennen. Dies hatte zur Folge, so jedenfalls die Rückmeldungen, dass viele Follower:innen immer die fiktive Figur Jim Hopper vor Augen hatten, wenn sie mich lasen. Was im Übrigen von mir nicht beabsichtigt war. Denn der Account heißt ‚What would Hopper do?'. Und wer die Serie ‚Stranger Things' mit ihrem etwas grummeligen aber stets gutmütigen und ehrlichen Sheriff Hopper kennt, konnte möglicherweise beim Lesen meiner Schulgeschichten den Zusammenhang erkennen. Am Ende trifft Hopper seine Entscheidungen. Vielleicht nicht auf die Art und Weise, wie man sie im Lehrbuch findet und auch nicht immer ganz regelkonform. Aber immer im Sinne der Betroffenen und ohne etwas zu bereuen. Und genau damit kann ich mich prima identifizieren.

Meine Empfehlung lautet: Fangt auf der ersten Seite an und hört mit der letzten auf! So ergibt das Ganze am meisten Sinn.

Wir schreiben das Jahr 1992. Wir befanden uns auf dem Campingplatz ‚Le Truc Vert' auf der französischen Halbinsel Cap Ferret. Sehr beliebt damals bei Jugendlichen oder jungen Erwachsenen. Ein grandioser Strand, abends Lagerfeuer und Wein bei fabelhafter Stimmung. Wir steckten beide in den ersten Semestern und hatten uns drei Wochen mit dem Zelt gegönnt, mein Freund und ich. Wir kamen schnell mit anderen ins Gespräch. Wie immer eigentlich. Es gab drei Jungs aus Bonn mit Heavy-Metal-Mähne, die ziemlich auf unserer Wellenlänge waren und mit denen man die ganze Nacht quatschen und trinken konnte. Einer fragte uns, was wir so machen. Mein Kumpel studierte Wirtschaftswissenschaften. Ich sagte, ich studiere Förderschullehramt. Der Bonner antwortete: „Ist das nicht so eine Art Nahkampf-Ausbildung?"

Damals wusste ich tatsächlich nur zum Teil, was mich erwartet. Ich hatte allerdings zu Grundschulzeiten schon recht früh einen kleinen Einblick in die Praxis, da meine Mutter selbst auf einer Förderschule Hauswirtschaft und Textiles Gestalten unterrichtete und ich nachmittags manchmal beim Kochen dabei war. Dass meine Grundschule und die Förderschule bei uns im Dorf nahe Braunschweig in einem Gebäudekomplex waren, spielte eine nicht unerhebliche Rolle. Ich hatte gleich mein Mittagessen, meiner Mutter Zeit erspart und über Dinge, wie einen geldwerten Vorteil machte sich damals keiner irgendwelche Gedanken. Zudem machte es mir Spaß zu kochen. Selbst viel später, als ich nicht mehr Grundschüler war, sondern in der Stadt zur Schule ging, fragten insbesondere die Schülerinnen meine Mutter häufig, wann denn ihr Sohn mal wieder vorbeikäme. Offensichtlich machte ihnen das Kochen mit mir aus irgendwelchen Gründen auch Spaß und ich ließ mich immer mal wieder blicken.

Im Laufe der Zeit wurden die Besuche weniger, und meine Interessen änderten sich immer wieder. So war ich hin- und her gerissen zwischen all den Möglichkeiten. Meine damalige beste Freundin riet mir: „Du solltest was mit Menschen machen. Immer, wenn hier einer im Jahrgang Probleme hat, fällt dein Name. Alle fragen dich, wenn es um Beziehungen, Eltern, Freunde geht. Aus diesem Talent solltest du etwas machen!"

Irgendwie konnte ich nichts entgegnen. Nach einigen Tagen des Abwägens und Nachdenkens gab es nur eine Antwort: Lehrer werden! Gute Bezahlung, lange Ferien. Ja. Das war ein Job mit Zukunft! Ich sollte damit Recht behalten. Mehr als mir heute im Angesicht des Lehrkräftemangels lieb ist. Ich verweigerte die Bundeswehr, machte Zivildienst bei der Lebenshilfe – eine der besten Zeiten meines Lebens – und bewarb mich in drei Städten für das Studium der Sonderpädagogik. Hannover, Kiel und Oldenburg. Fachrichtungen: Verhaltensstörungen und geistige Behinderung. Heute heißen die Schwerpunkte natürlich anders: Emotionale und soziale Entwicklung und geistige Entwicklung. Klingt gleich viel positiver. Als Braunschweiger willst du nicht unbedingt nach Hannover. Welche Zusage kam zuerst? Hannover. Als ich mich eingeschrieben hatte, kam die Zusage aus Oldenburg. Also sagte ich wieder ab, fuhr mit dem Zug nach Oldenburg und traf in der Jugendherberge, in der ich ein paar Tage übernachtete, zwei Gleichgesinnte. Schon war die erste WG geboren. Als ich nach ein paar Wochen Oldenburg liebgewonnen hatte, kam die Zusage aus meiner favorisierten Stadt Kiel, Geburtsort meines Vaters und Wohnort eines Teils unserer Familie. Kiel kann mich mal, dachte ich. Es war in allen Belangen die richtige Entscheidung. Das Studium war super, Oldenburg eine fantastische Stadt und ich lernte währenddessen meine heutige Frau kennen. Wir wohnen bis heute hier, und ich habe eine neue Heimat gefunden.

Das alles wusste ich natürlich noch nicht, als wir auf dem Campingplatz in Frankreich waren. Wir genossen unsere Zeit. Eine Zeit voller Partys, Lebensfreude und Unbeschwertheit. Im ersten Teil des Buches gibt es Geschichten aus dieser Zeit, aber auch Begebenheiten aus meiner Kindheit und dem Umfeld, dass mich geprägt hat. Wir hatten noch keine Wirtschaftskrise, keine Flüchtlingskrise, keine Bankenkrise, keine Pandemie und keinen Krieg, verursacht durch einen größenwahnsinnigen Ex-KGB Agenten oder Terroristen in Nah-Ost. Das Thema Klimawandel war natürlich schon damals präsent. Umso erstaunlicher, dass in zwei Jahrzehnten, meist unter Mutti Merkel und ihrer Riege der wirtschaftsfixierten Kolleg:innen, relativ wenig unternommen wurde. Wozu eigentlich die ständigen Klimagipfel in Paris? Na ja. Wahrscheinlich gab und gibt es einfach zu viele andere Krisen, die wie Bäume im Weg stehen und die man erst beseitigen muss, um den ganzen Wald zu sehen. Überhaupt ging es uns meist sehr gut. Wozu also in so belanglose Dinge wie Bildung, Familie, den Schienenverkehr oder regenerative Energien investieren? Wer konnte denn ahnen, was passieren würde?

Die Krisen im Teil ‚Endlich Lehrkraft', die ich in den letzten 23 Jahren beruflich bewältigen durfte, sind ein großer Teil dieses Buches. Die Art und Weise, wie ich arbeite und Probleme angehe, wird aber erst richtig nachvollziehbar, wenn man mich ein wenig kennt. Wer mir auf Twitter, neuerdings X, länger folgte, kann vieles besser verstehen. Daher geht es im ersten Teil auch um meine Person VOR der Zeit als Lehrer. Dies alles nicht in endlos langen, biografischen Abhandlungen, sondern in einzelnen Stationen und Kurzgeschichten. Denn, wenn wir ehrlich sind, ist das Leben auch immer eine Folge von Erlebnissen und Begegnungen. Den Sinn und die Zusammenhänge darin zu finden, überlasse ich den geneigten Leser:innen. Auch ich vermag es nicht, in meinen Wegmarken und allen Dingen, die mich bewegen, das große Ganze zu sehen.

Ein dritter Teil mit Geschichten abseits der Schule bietet ganz private Beobachtungen und Gedanken mit einem breiten Spektrum amüsanter bis dramatischer oder nachdenklicher Art. Teil 4 nimmt sich der ganz großen Fragen an. Wie zum Beispiel: Sind Frauen und Männer wirklich so unterschiedlich? Warum sind wir eigentlich so dick? Oder: Wird die Kernfusion uns vor der Klimakrise retten?

Schließlich bekommen in Teil 5 populistische Politiker:innen das, was sie verdienen. Eine Bestandsaufnahme ihrer Unfähigkeit. Nicht immer klug oder tiefsinnig, dafür geradeaus und ehrlich. Als kleinen Bonus habe ich noch einen Teil angehängt. Es sind die Sprüche und kurzen Kommentare zum aktuellen und zwangsläufig auch nicht mehr immer ganz aktuellen Geschehen, die den größten Leser:innen-Zuspruch hatten. Oder die auf die größte Ablehnung trafen. Je nach politischer und persönlicher Ausrichtung.

Teil 1

Hopper und wie er die Welt sieht.

Von der Kindheit bis zum Studium

Eine kleine Fotostory zum Einstieg. Meine Mama hat mich lieb. Bis heute. Auch, wenn es nicht immer einfach ist und war. Ihr kennt das. Mütter eben. Ich hatte nie das Gefühl, dass es mir an etwas mangelte oder dass ich zu wenig Raum zur freien Entfaltung gehabt hätte. Ganz im Gegenteil. Meine Eltern haben eigentlich immer alles getan, um mir und meinem Bruder vielfältige Erfahrungen zu ermöglichen. Dafür haben sie auf große Karrieren verzichtet und sich auf das konzentriert, was bei uns in der Familie immer wichtiger war: Sich gegenseitig zu unterstützen und füreinander da zu sein.

Mein großer Bruder war nach meiner Geburt oft Zweiter auf dem Schoß. Der Blick sagt alles. Wie so oft bei Geschwistern sind wir sehr unterschiedlich, und doch teilen wir Einiges. Die Interessen könnten unterschiedlicher nicht sein, der moralische Kompass dagegen nicht. Mathematische und abstrakte Themen sind halt nicht mein Thema. Dafür konnte ich als Kind mit Breakdance- und Schauspieleinlagen glänzen. Merke: Eine furzende Achselhöhle findet schneller begeisterte Zuschauer als ein Vortrag über die Milchstraße und die Relativitätstheorie. Trotzdem hatten wir früh eine tiefe Verbindung zueinander.

Mein Papa hatte Glück als Nerd, so einen heißen Feger wie meine Mutter abzubekommen. Aber er hatte einfach nicht lockergelassen. Meine Mutter hat immer erzählt: „Ich war als junge Dame wie ein Schmetterling. Und viele Männer waren interessiert. Aber einmal hat mich einer im Stich gelassen, da war euer Vater zur Stelle. Und diese Verlässlichkeit fand ich viel wichtiger als das Gehabe der anderen Angeber!"

Mein Vater hatte in seinem Leben nur einen Arbeitgeber: Das Deutsche Zentrum für Luft- und Raumfahrt, kurz DLR. Früher auch Deutsche Forschungs- und Versuchsanstalt für Luft- und Raumfahrt. Jeden

Morgen stand er früh auf, radelte 17 km mit dem Fahrrad zur Arbeit und kam spät nachmittags oder abends zurück. Manchmal war er auch länger auf Dienstreise. Zum Beispiel in den USA und half mit, bei Raumfahrtprojekten Teile zu entwickeln. Sein Spezialgebiet war die Thermomechanik. Er gab mir auch mal kurzfristig Nachhilfe in Mathematik. Ich verstand leider noch weniger als in der Schule. Dann übernahm mein Bruder, der mit fünf Jahren schon Quadratwurzeln ziehen konnte und eine Engelsgeduld mit mir hatte. Mit drei Jahren guckte er sich einmal den ganzen Küchenkalender durch und machte meine Eltern darauf aufmerksam, dass der Kalender fehlerhaft sei. Nur: Es gab keinen Fehler. Er wurde immer wütender und bestand darauf, dass beim Februar ein Tag zu viel eingetragen sei. Meine Eltern erklärten ihm daraufhin, was ein Schaltjahr ist. Damit war er zufrieden. So einer ist mein Bruder. Heute ist er Doktor der Biotechnologie und hat vor vielen Jahren bei einem großen Konzern gekündigt, um Lehrer zu werden.

Ich hatte nie solche Interessen. Lieber spielte ich draußen, war ständig in Bewegung oder schlief im Körbchen Seite an Seite bei der Boxer-Hündin Bessie meiner Oma. Wir waren unzertrennlich, hatte sie mich doch seit meiner Geburt irgendwie adoptiert.

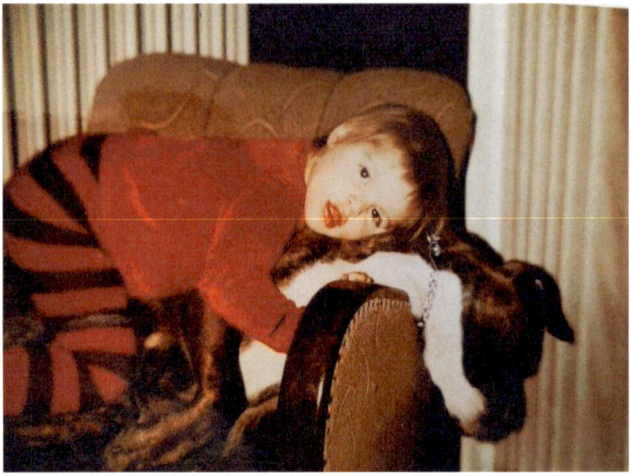

Auch die Pferde meiner Tante waren nicht vor mir sicher. Tiere mögen mich. Und ich sie.

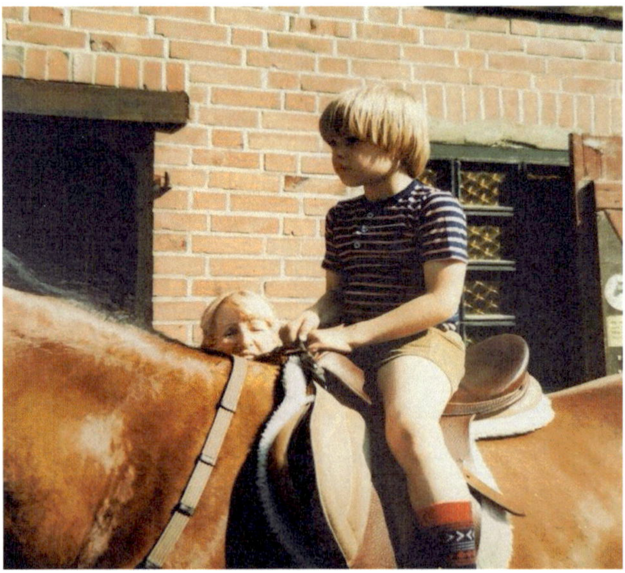

Ich sollte übrigens ein Mädchen namens Svantje werden. Aber auch als Junge war ich natürlich willkommen. Im Kindergarten war ich in der roten Gruppe und meinen ersten Kuss bekam ich von Doreen. Einmal setzte sich Doreen auf meinen Schoß, und ich hatte mir erst kurz vorher in die Hose gepinkelt. Sie schreckte auf und schrie: „Ihhhhh! Der hat sich in die Hose gemacht!“ Gott, war das peinlich. Danach mochte ich Doreen nicht mehr so gerne.

Als mein Bruder ca. 12 Jahre alt war, sagte er mir, an meinem 25. Geburtstag würde es eine totale Sonnenfinsternis geben. Er sollte wie immer Recht behalten. Ich habe bis heute keinen Plan, woher er das wusste. Als das Event 1999 stattfand, rief ich ihn an und sagte ihm: „Hey du hattest also Recht mit der Sonnenfinsternis." Er wusste gar nicht, was ich meinte und hatte die Konversation, als wir Kinder waren, längst vergessen, freute sich aber, dass ich daran gedacht hatte.

Eines Tages kamen wir auf die Idee, im Garten Matsch-Kugeln aus Erde und Wasser zu produzieren und jedem Nachbarn aller drei Reihen mit Reihenhäusern unser Produkt mittels Ablage auf der Fußmatte vor der jeweiligen Haustür zu präsentieren. Mit einem gewissen Stolz, aber natürlich, ohne zu klingeln. Irgendwer musste meinen Eltern jedoch einen entsprechenden Hinweis gegeben haben. Resultat war, dass wir nach Reinigung der Fußmatten zu Hause bleiben mussten, während unsere Eltern einen ‚ganz tollen Ausflug' machten. Jahre später erzählten sie dann, dass sie nur einen langen Spaziergang gemacht hatten, um uns mal auf den Pott zu setzen, aber ohne ihre Aufsichtspflichten grob zu vernachlässigen.

Hier bin ich bei meiner Lieblingslektüre. Bis heute bin ich Comic-Fan geblieben. Ob die Lustigen Taschenbücher, MAD, Clever und Smart, Asterix oder Tim und Struppi, so bin ich zum Lesen gekommen.

Ich entwickelte mich zu einem 1,90 m großen Sportfreak, der Schlagzeug und Gitarre spielte, in einer Band sang und mit den allermeisten Leuten gut klarkam. Am Ende der Schulzeit wurde ich im Abi-Jahrbuch zum Ersten in den Kategorien lockerster und nettester Schüler gewählt. Wahrscheinlich spielte hier eine nicht unwesentliche Rolle, dass ich es fast immer schaffte, auch die größten Streber davon zu überzeugen, dass die ganze Klasse statt Mathe und Religion am Samstag in der Schule mehr davon hätte, in die Stadt zu gehen und das Leben zu genießen. Wenn alle fehlten, rief der Lehrer auch keine Eltern an und es gab keine Fehltage. Das hielt er auch sehr zielstrebig durch. Ab und an trafen wir ihn in der City. Offensichtlich war er vom Konzept Samstagsunterricht auch nicht hundertprozentig überzeugt.

Wie war ich der geworden, der ich bin? Wer oder was hatte mich beeinflusst? Spulen wir ein wenig zurück zu den Erlebnissen, die ich heute noch erinnere und die mich daher wahrscheinlich am nachhaltigsten beeindruckten. Natürlich alles ohne Garantie auf Vollständigkeit...

Der Hund im Pool

1979, Urlaub in Spanien. Ich war fünf, mein Bruder acht und meine Eltern sind mit uns an einem Tag und einer Nacht ohne große Pausen bis tief in den Süden gefahren. In unserer Ente (ein Citroën 2CV, für alle Jüngeren Leser:innen), vollgepackt bis unters Dach. Wir wohnten auf einem Hügel in der Nähe des Strandes und mussten in Serpentinen runter und hoch laufen, was sehr anstrengend war. Aber das Meer und das Wetter... das war schon klasse. Neben uns in einer riesigen Villa wohnte eine einsame Gräfin, die ein halbes Dutzend Sprachen beherrschte. Eine echte Gräfin, wie meine Mutter betonte. Mondän gekleidet mit Hut und Schmuck und ein wenig unfreundlich zu uns ‚Deutschen'. Das sollte sich schon bald ändern. Eines Morgens schrie die Gräfin um Hilfe. Ganz laut. Mein Vater guckte sich vorsichtig um, und er betrat mit uns im Schlepptau das Grundstück. Um den Pool der Gräfin hatten sich bereits einige Spanier versammelt und wirkten etwas ratlos, während die Gräfin wild gestikulierte und fluchte, so schien es. Als wir näherkamen, sahen wir das Problem. Ein großer Schäferhund-Mix, offensichtlich ein Straßenhund, war im Pool und kämpfte um sein Leben. Er musste auf seinen Streifzügen hineingefallen sein und versuchte nun verzweifelt, mit den Pfoten am Rand des Pools Halt zu finden, wo er jedoch immer wieder an den glatten Fliesen abrutschte. Dann strampelte er in eine andere Richtung und versuchte sein Glück an anderer Stelle. Sinnlos. Überall glatte, nasse Kanten und kein Einstieg. Nur eine senkrechte Metalltreppe irgendwo am Ende des riesigen Pools. Die umstehenden Spanier beobachteten das Szenario abwartend, was für uns sehr befremdlich wirkte. Meine Eltern erklärten uns später, dass alle Angst hatten vor dem großen Straßenhund und diese oft nicht sehr beliebt waren bei den meisten Spaniern. Und während alle rumstanden und diskutierten, sprang mein Vater in Klamotten kurzerhand in den Pool. Mein Vater, der gerade erst mit uns einen Toast gegessen hatte. Mein Vater, der Ingenieur von der DLR, der Wissenschaftler, der gerne Ringelnatz und Goethe zitiert, der nicht gerade sportlich ist, der bis heute keinen Fußball schießen kann und so gar nicht in das Schema des taffen Helden passt. Unter dem Jubel der kleinen Menge schwamm er langsam zu dem erschöpften aber immer noch bellenden Tier, beruhigte es durch Zureden, griff unter den Körper und hievte den Hund mit all seiner Kraft aus dem Becken. Als mein Vater sich selbst aus dem Pool stemmte, pinkelte der zitternde Vierbeiner ihn an, rannte dann weg, guckte noch kurz um die Häuserecke zurück zu uns und bellte dreimal laut. So die Legende.

Meine Eltern meinten, der Hund hätte sich bei meinem Vater bedankt, was sich für uns natürlich völlig logisch anhörte. Der Rest des Urlaubs war dann nicht so spannend, aber mein Vater, der ‚Deutsche' mit der Brille war der Held der Nachbarschaft, und die Gräfin war auffallend zuvorkommend und ließ keine Gelegenheit für ein kleines Palaver aus oder um uns was Süßes zuzustecken. Mein Bruder und ich betrachteten fortan meinen Vater mit anderen Augen. In jedem von uns kann ein Held stecken. Dafür braucht es nicht viel. Man muss nur zur richtigen Zeit am richtigen Ort sein und ohne zu zögern das Richtige tun. Ein Lied vorsingen, eine Schleife binden, eine Windel wechseln oder einem Hund aus einem Pool helfen.

Vorurteile

Meine Mama ist 1938 geboren. Ihr Vater, den ich nie kennenlernte, war Major der Luftwaffe. Nachdem er nicht zurückkehrte von einem Einsatz mit seiner Stuka - die Umgangsbezeichnung für den von der Junkers AG ab 1937 produzierten Sturzkampfflieger Ju 87, mit dem man sehr präzise Bomben abwerfen konnte - war meine Oma allein mit drei Kindern. Meine Mutter war die Älteste und bekam für alle anderen Prügel. Oft mit einer Peitsche. Ich konnte mir das später nie vorstellen, weil meine Oma so eine nette Frau für uns war. Meine Mutter sang für ihr Leben gerne. Ein Musiklehrer sah in ihr ein großes Talent und wollte, dass sie Gesangsunterricht nahm. Meine Oma sagte: „Nein! Die bleibt im Haus!" Eines Tages klingelte der Lehrer sogar an der Tür und bat darum ganz höflich. Meine Oma hatte gerade ein paar Freundinnen zum Bridge-Spiel eingeladen. Meine Mutter bettelte, der Lehrer schwärmte von ihrer Stimme. Die Freundinnen sagten: „Dann lass sie doch!" Meine Oma blieb stur. Es blieb beim ‚Nein', und sie ließ den Lehrer vor der Tür stehen. Meine Mutter erzählt noch heute diese Geschichte in allen Einzelheiten. Geprägt durch diese Art der Erziehung wuchs sie mit entsprechenden Ansichten auf und fügte sich immer wieder. Der Respekt vor der eigenen Mutter war groß bis diese an Krebs starb. Auch die Einstellung gegenüber Fremden war der der Mutter ähnlich. Oft sagte meine Mutter vor dem Hintergrund zunehmender Einwanderung: „Was wollen die alle hier?" Gleichzeitig jedoch setzte sie sich als Lehrerin für ihre türkisch-stämmigen Schülerinnen ein, die damals mit 13, 14 Jahren auf einmal nicht mehr zur Schule kamen und zur Heirat in die Türkei sollten. Als im Zuge der Flüchtlingswelle 2015/16 zahlreiche Syrier:innen kamen, sagte meine Mutter: „Wir können doch nicht allen helfen. Die sollen bloß da bleiben, wo sie sind."

Bei uns im Dorf wurde eine Flüchtlingsunterkunft errichtet. Auf einem Spaziergang sah meine Mutter, dass Ehrenamtliche gesucht wurden, um irgendwas mit den Flüchtlingen zu machen. Meine Mutter war in Rente. Als gelernte Hauswirtschafterin und Lehrerin konnte und kann sie wahnsinnig gut kochen, nähen und sticken. So bot sie verschiedene Kurse für Flüchtlingsfrauen an. Es dauerte nicht lange, da wurde die Nachfrage immer größer. Es sprach sich schnell herum, dass da eine alte herzliche Frau ist, die viel Wissen zu vermitteln hatte. Irgendwann fanden die Kurse dann bei uns zu Hause statt mit anschließendem Kuchen und Tee. Natürlich kamen auch die Kinder mit und dann auch vereinzelt die Männer. Bis meine Eltern mit über 80 auszogen, weil sie eine sehr schöne Wohnung in einem Seniorenzentrum mieten konnten, entstanden zahlreiche neue Bekanntschaften und meine Mutter blühte komplett auf. Beim Umzug halfen uns einige Syrier:innen und andere Flüchtlinge. Dank ihnen hatten mein Bruder und ich nicht mehr allzu viel zu schleppen. Es war eine absolute Freude, diesen Tag mit so vielen netten und bescheidenen Leuten zu verbringen. Als der Sprinter voll geräumt war, gab es für alle heiße Würstchen und Kartoffelsalat.

Natürlich von meiner Mama selbst gemacht. Immer wieder zeigte sie mir ihre kleinen Fotoalben mit den Frauen der Flüchtlingsfamilien und erzählte von jedem einzelnen Schicksal mit allen Details. Meine Mutter hat sich mit über 70 nochmal verändert. Es gibt viele Menschen wie sie, die es nicht anders gelernt haben und manchmal nur den richtigen Anstoß brauchen. Menschen mit Ängsten und Sorgen. Mit Vorurteilen und eigenen Eltern, die vielleicht nicht immer ein gutes Vorbild waren. Diese Menschen kann man noch erreichen. Andere möglicherweise nicht mehr.

Meine Mutter hat mir gezeigt, dass es nie zu spät ist, Ansichten zu überdenken und neue Einsichten zu gewinnen. Das hat nichts mit dem Alter oder der Herkunft zu tun. Sondern nur mit etwas Mut. Mut, sich auf Neues oder Fremdes einzulassen und keine Angst haben zu wollen. Oder sich machen zu lassen.

Auf der Grundschule

Wie sich Lehrkräfte der Lächerlichkeit preisgeben können, verinnerlichte ich seit der zweiten Klasse und bin daher sehr vorsichtig geworden, Schüler:innen zu widersprechen, wenn ich mir nicht 100%ig sicher bin, es besser zu wissen.

Die Geschichte geht so: Ich ging auf dem Dorf zur Grundschule. Jeder kannte jeden und andersrum. Was die Klassenlehrerin Frau Kraft sagte, sie war die Frau vom Probst und Domprediger Kraft in Braunschweig (Seine Einlassungen hießen in der Braunschweiger Zeitung ‚Kraft-Worte', kein Scherz), war Gesetz. Wir hätten ihr alles geglaubt. Und die Existenz Gottes stand außer Frage. Eines Tages bekamen wir Nils aus Süddeutschland neu in die Klasse. Nils Mutter hatte sich von ihrem Mann getrennt und wollte wahrscheinlich weit weg von ihrem Ex-Mann neu anfangen. Auf Drängen meiner Mutter lud ich Nils schon ein paar Tage später auf meinen Geburtstag ein, was diesen sehr freute. Er war zwar etwas anders als wir - es gab bei ihm kein TV und daher war selbst eine Folge ‚Neues aus Uhlenbusch' zu aufregend für ihn -, aber ebenso wie ich liebte er Yps-Hefte und bastelte gerne mit allerlei Dingen herum. Dieser Nils träumte also während des Unterrichts so vor sich hin, als Frau Kraft nebenbei bemerkte, dass Dinge, die schwer seien, natürlich auch schneller zu Boden fielen, als Dinge, die leicht seien und redete weiter drauf los. Nils brauchte einen kurzen Moment und wirkte ganz aufgeregt. Dann meldete er sich: „Frau Kraft! Das stimmt nicht. Die Gravitation wirkt sich auf alle Gegenstände gleich aus. Das hat mit dem Gewicht nichts zu tun!" Frau Kraft lächelte eine Spur zu arrogant. Die ganze Klasse war still und schaute wie gebannt auf den Neuen, der es wagte, der Königin zu widersprechen. Diese bemerkte: „Nein. Das ist doch Quatsch, Nils. Wenn ich eine Feder fallen lasse, kommt diese natürlich viel später am Boden an als ein Gewicht aus Metall!" Diese Erklärung leuchtete jedem ein. Nils redete offensichtlich Blödsinn. Ein paar ganz besondere Schlaumeier kicherten bereits. Aber Nils wurde noch aufgeregter und sprach noch lauter: „Das liegt aber nur am Luftwiderstand! In einem Vakuum oder bei zwei Gegenständen, die einen gleichen Luftwiderstand haben, gibt es keinen Unterschied!" Frau Kraft entgegnete: „Lieber Nils. Das versteht doch kein Mensch. Tu nicht so klug! Jetzt sei bitte still. Wir machen weiter..." Alle drehten sich zu Frau Kraft um in der Annahme, alles gehe seinen gewohnten Gang. Ein Irrtum. Jetzt stand Nils auf und rief: „Hier! schauen sie!" Er hatte einen kleinen Tennisball aus seinem riesenhaften Scout-Ranzen gekramt und hielt mit all seiner Kraft den Ranzen mit der einen und den Ball mit der anderen Hand hoch über seinem Kopf in die Höhe. In etwa gleicher Höhe. Er hatte jetzt volle Aufmerksamkeit. Frau Kraft, der dieses Verhalten gar nicht ins Konzept ‚Unterricht in einer zweiten Klasse der Dorfschule' passte, wollte gerade etwas sagen, da ließ Nils beide Gegenstände fallen. Der Tennisball sprang wie erwartet auf den Boden. Der Ranzen leider auch. Sämtlicher Inhalt, Hefte, Bücher, Pausenbrote kippte über den Boden. Zudem hatte Nils leider auch einen großen Kakao im Ranzen, der sich über alles ergoss. Es war ein Chaos. Alle lachten laut und sprangen durch die Gegend. Frau Kraft schimpfte und fluchte (was sie sonst nie tat), was für ein ungezogener Junge dieser Nils doch sei. Dieser jedoch setzte sich einfach wieder hin und lächelte zufrieden. Denn jeder in der Klasse hatte eindeutig gesehen, dass Ranzen und Tennisball perfekt zeitgleich auf dem Boden landeten. Diese Gravitation und dieser Luftwiderstand, von denen Nils sprach, ja, da war was dran. In den nächsten Jahren hatte Nils keinen leichten Stand, bekam aber recht gute Zensuren und noch wichtiger: Frau Kraft legte sich nie wieder mit ihm an, wenn er etwas anderes behauptete.

Später trafen wir uns auf dem Gymnasium wieder. Nils belegte irgendwann den Leistungskurs Physik und machte ein fulminantes Abitur. Eine Zeit lang wurden wir gute Freunde, bis sich unsere Wege trennten. Auf seinen Gebieten jedoch konnte ich ihm nicht ansatzweise das Wasser reichen. Später, so habe ich gehört, war er ein ziemlich guter Informatiker. Einer, der dir alles zusammenbaut, was du willst. Also, wenn ihr mal wieder auf eine/n Grundschüler:in trefft, die/der euch zum Beispiel erklärt, dass es Kuhmagneten gibt, die Kühen in den Magen gesetzt werden um gefressene Metallteile wie Stacheldraht an sich zu binden, damit die Kuh keinen Schaden nimmt, ... dann sagt doch einfach: „O.K.!“ Es könnte nämlich einfach stimmen.

Vorbilder

Ich habe als Kind viel geklaut. Unter anderem bei einer sehr alten Nachbarin, die einen Gemüsegarten hatte. Mit einem Kumpel habe ich Rhabarber rausgerupft. Der war so schön sauer. Immer wieder. Eines Tages stand sie auf einmal hinter uns. Das gibt Ärger, dachten wir. Zu unserer Verwunderung zog sie mehrere Rhabarber-Stangen raus, drückte sie uns in die Hand und sagte: „Bitte klaut nicht. Ihr braucht nur zu fragen.“ Wir schämten uns sehr, auch weil sie so nett war. Zwei Dinge änderten sich danach. Ich klaute nicht mehr und ich grüßte die Nachbarin jeden Tag bis sie starb. Ab und zu unterhielten wir uns. Diebstahl ist scheiße. Aber eine Gesellschaft, in der sich alle gegenseitig bescheißen, braucht Vorbilder, die es anders machen. Und da fehlt es seit einiger Zeit.

Besonders da, wo Gesetze gemacht werden, die so was eigentlich verhindern sollen.

Löwin

Wir hatten früher in der fünften Klasse einen Mathe-Lehrer, der bezeichnenderweise Herr Pein hieß. Wenn wir eine Arbeit schrieben, machte er jede Minute einen Strich an die Tafel. Die letzte Minute zählte er laut runter. Dann musste der Stift weggelegt werden. Er war der Meinung, wir müssten lernen, mit diesem Druck umzugehen und dadurch unsere Leistung steigern. Mich machte das so nervös, dass ich in der wichtigsten Arbeit aus Versehen in mein Hausaufgabenheft schrieb. Da ich bislang keine guten Noten in Mathe hatte, hatte ich mich diesmal sehr gut vorbereitet und daher eigentlich eine 2+ geschrieben. Herr Pein gab mir jedoch eine 6. Ich hätte ja betrügen können, wenn ich im Heft geblättert hätte. Ich saß die ganze Zeit genau vor seinem Tisch während der Arbeit und hätte mich das natürlich auch nicht getraut.

Am nächsten Nachmittag stand meine Mutter bei ihm auf der Matte. Ich folgte kleinlaut. Ich kann mich nicht mehr an den genauen Wortlaut erinnern, aber Herrn Pein habe ich nie kleiner und stiller erlebt.

Am Ende kam ich in den A-Kurs, bekam von fünf Lehrer:innen fünf Gymnasialempfehlungen und machte später ein gutes Abi. Das Mathe-Trauma blieb noch lange. Nicht alle hatten das Glück, damals engagierte Eltern zu haben. Heute bin ich selbst Lehrkraft und Vater. Und ehrlich: Ich würde mir von beiden Seiten manchmal mehr und bessere Zusammenarbeit wünschen. Denn es geht nicht um uns, sondern um die Kinder.

Erste Liebe

Den ersten Liebesbrief bekam ich nach drei Wochen Zeltlager in Dransfeld. Es gab dort ein tolles Freibad, und für viele der Kinder war es der erste Urlaub ohne Eltern. Da war ich zehn Jahre alt. Das Mädchen, dass ich dort kennen gelernt hatte und sehr mochte, hatte eine schöne Handschrift. Der Brief war voller Fehler, was mir nichts ausmachte. Am Ende entschuldigte sie sich für die Rechtschreibung mit dem Hinweis, sie sei Legasthenikerin. Darauf erklärte mir meine Mutter was das bedeutete. Ich schrieb also zurück, dass mir das völlig egal sei. Ich würde selbst viele Fehler machen. Und es begann eine für mein Alter schöne Brieffreundschaft. Und ich finde auch noch heute: Inhalt vor Form. In Briefen wie in Beziehungen.

Brot, dünn geschnitten

Irgendwann in der dritten Klasse zog eine neue Familie ins Neubaugebiet unseres Dorfes. Sie hatten drei Kinder. Der Mittlere, Christian, kam in unsere Klasse, der Jüngste, Markus, besuchte zusammen mit mir den Schlagzeugunterricht. Wir freundeten uns an, und ich war oft bei Ihnen. Der Vater war Professor, die Mutter Lehrerin und die Älteste spielte wunderschön Geige. Zusammen machten sie Hausmusik, und alle drei Kinder waren ziemlich begabt. Ich erinnere mich, dass wir ein Buch im Deutsch-Unterricht bei Frau Kraft vorstellen sollten. Mein Referat war ca. eine dreiviertel Seite lang, was so ungefähr dem Durchschnitt der Klasse entsprach. Das Buch war irgendein Perry-Rhodan Science-Fiction Quatsch. Dann war Christian an der Reihe. Ein Buch von Karl May. Winnetou. Ein richtig dicker Wälzer. Sein Vortrag dauerte fast die ganze Schulstunde und er las noch nicht mal von seinen geschriebenen Seiten ab. In Kunst, meinem Lieblingsfach, in welchem ich es gewohnt war, der Beste zu sein, verblassten meine Werke neben seiner

Zeichenkunst. Markus wurde schnell der beste Schlagzeugspieler in unserer Truppe und auch im Sport waren die Kinder einsame Spitze. Hinzu kam, dass das Haus der Familie wunderschön und groß war. Kein Vergleich zu unserem bescheidenen Reihenhaus. Eines Tages fragte meine Mutter beide Jungs, die bei mir zu Besuch waren, ob sie nicht zum Abendbrot bleiben mochten. Christian rief zu Hause an und fragte nach. Kein Problem. Am Tisch machten Christian und Markus sehr große Augen und hauten rein, als gäbe es kein Morgen mehr. Meine Mutter freute sich und sagte: „Na, euch scheint es ja gut zu schmecken." Markus erwiderte: „Bei uns ist das Brot viel dicker geschnitten. Da können wir gar nicht so viel essen!"

Pubertät, die

„Ich muss dich um Verzeihung bitten. Ich hatte eine falsche Meinung von dir. Du bist eigentlich ein ganz netter Kerl." Diese Aussage ist bis heute bei mir in Erinnerung, denn ich war damit gemeint. Sie stammt von meinem damaligen Bio- und Sportlehrer Herrn Milz und war alles andere als selbstverständlich. Denn ich war mit 14 Jahren oft ziemlich daneben. Egoistisch, launisch, rücksichtslos und manchmal ein Arsch. Wegen Fehlverhalten von einer Klassenfahrt aus dem Schullandheim nach Hause geschickt, Klassenkonferenz wegen Alkoholkonsum während (!) des Unterrichts. Höhepunkt war mit Sicherheit ein Drohbrief, den ich gemeinsam mit zwei anderen Schülern unserer verhassten Sportlehrerin in der siebten Klasse schrieb, was natürlich auch rauskam. Ich hatte also einen entsprechenden Ruf weg, und Herr Milz war mit der betroffenen Lehrerin befreundet. Ein Jahr später waren wir dann wieder in dem Schullandheim im Harz, aus dem mich meine Eltern wegen eines Konflikts mit der Sportlehrerin abholen mussten. Was natürlich für grenzenlose Begeisterung bei ihnen sorgte. Ich hatte wiederholt die Regeln beim Skifahren gebrochen und war dann, nachdem ich nicht mehr mitfahren durfte, unten am Hang einfach eingeschlafen. So fuhr der Bus ohne mich zum Schullandheim zurück. Obwohl die Lehrerin wusste, wo ich im Schnee lag, hatte sie erst bei der Ankunft dem Klassenlehrer erstaunt mitgeteilt, dass wohl ein Schüler fehlt. Es war zwecklos, meine Unschuld zu beteuern. Ich war schon vorher unten durch. Diesmal, in der achten Klasse hatte ich mir vorgenommen, es besser zu machen, denn Herr Milz war schon irgendwie unser Held. Er hatte sich einige Jahre vorher beim völlig unbeliebten Schulleiter und Ex-Wehrmachts-Soldaten Herrn K. mit den Worten vorgestellt, er brauche unbedingt diesen Job als Lehrer, um dann am nächsten Tag auf dem Schulleiter-Parkplatz mit einem Porsche zu parken. Diese legendäre Geschichte war damals natürlich der Gipfel an Coolness. Nebenbei ein extrem sportlicher Typ, der einen Salto auf Skiern konnte, uns im Unterricht seine Knie-OP auf einem Video zeigte, dass er selbst aufgenommen hatte oder sich hypnotisieren ließ, mit Kopf und Hacken auf jeweils einer Stuhlsitzfläche waagerecht in der Luft lag um dann zu demonstrieren, wie stark die Muskulatur ist. Der Hypnotiseur setzte sich komplett auf seinen Rumpf. Geiler Unterricht, modern, witzig, für die Zeit sicher ungewöhnlich. Mit 14 habe ich zu ihm aufgeblickt. Und im Unterricht war er bislang fair und sachlich. Am ersten Abend im Harzheim machte ich wohl den Fehler, ihn als eine Art Kumpel zu betrachten. Bei einem Scherz stupste ich ihn ein wenig an die Seite. Sehr erbost guckte er mich an und meinte kurz und in eindeutigem Ton: „Pass auf, was du machst!“ Und ließ mich stehen. Offensichtlich hatte ich das bisherige Verhältnis völlig falsch eingeschätzt. So lustig und locker war er nicht. Zumindest nicht bei mir.

Ich hielt mich die nächsten Tage fern, ließ mir nichts zu Schulden kommen und tat das, was ich schon immer gut konnte. Ich machte mich nützlich und half, wo es ging. Für den letzten Abend wollten wir was Besonderes machen. Aber von den Mitschüler:innen kam keine brauchbare Idee. Ich schlug vor, ich könne Pizza für alle backen. Meine Mutter war ja gelernte Hauswirtschafterin und bei ihr in der Förderschule war ich häufig nachmittags zum Kochen dabei. Ein Hefeteig? Kein Problem. Rezept im Kopf. Nur eben für insgesamt 30 Leute. Die Idee kam gut an. Die Lehrkräfte hatten zwar etwas Zweifel, doch meine

Einkaufsliste und das Rezept waren wohl überzeugend. Ich nahm alles in die Hand, kaufte ein, bereitete den Teig vor. Zwei andere sollten helfen, waren dann aber irgendwann im Gemeinschaftsraum bei der großen Abschluss-Party. Ich machte Blech nach Blech, ging auf die Wünsche ein, jeden einzelnen. Backte den ganzen Abend was das Zeug hielt, und durch die Durchreiche gab ich die Teller raus. Alle lobten meine Pizza und feierten. Es machte mir nichts aus, den ganzen Abend in der Küche zu stehen. Ich fühlte mich großartig. Während die anderen feierten wusch ich alles Geschirr ab. Und war ganz bei mir. Als es ruhiger wurde, kam Herr Milz in die Küche und jetzt müsst ihr an den Anfang der Geschichte gehen. Diese Worte in diesem Moment waren für mich sehr besonders, denn er meinte sie absolut ehrlich.

Es wäre übertrieben zu behaupten, ich sei aufgrund solcher Erlebnisse selbst Lehrer geworden. Aber eines kann ich aus Überzeugung sagen. Kinder und Jugendliche brauchen so nötig Vorbilder. Pädagogik ist ein Handwerk, man kann es tatsächlich lernen. Gerne mit Menschen arbeiten, etwas von Herzen zu sagen und auch zu tun, authentisch zu sein und auch klar zu machen, was nicht erwünscht ist, das kann man sich nicht unbedingt im Studium aneignen. Das findet vorher statt. Oder eben nicht. Die erste Hürde, wenn man mit Menschen arbeitet. Ich werde dem auch nicht immer gerecht. Jeder sucht schließlich nach Aufmerksamkeit und Anerkennung. Jugendliche wie ich damals auch. Manchmal braucht es die richtigen Vorbilder, um zu lernen, diese auf geeignetem Weg zu bekommen. Sonst kann ein Kreislauf aus negativem Verhalten und negativer Aufmerksamkeit entstehen. Ich habe wohl das Glück gehabt, oft die für mich passenden Vorbilder identifizieren zu können. Jene, die Konflikte mit Ruhe und Verstand und nicht mit Geschrei und Gewalt lösten. Das hat mich ab einem bestimmten Punkt sehr angezogen und fasziniert. Das wollte ich auch können. In der 12. und 13. Klasse hatte ich dann die Sportlehrerin von damals. Unter anderem lag auch ein Jahr Auslandserfahrung dazwischen. Wir kamen erstaunlicherweise prima miteinander aus. Ob es an mir oder an Herrn Milz lag? Wahrscheinlich an beiden.

Im Erdboden versunken Teil 1

So entspannt und lustig ich als Kind wirkte, so sehr beschäftigten mich viele Dinge tagelang. An sozial kniffligen Situationen hatte ich lange zu knabbern und konnte nur sehr schwierig Konflikte länger aushalten. Das Ganze manifestierte sich in einer Art körperlicher Anspannung, die dazu führte, dass ich regelmäßig und noch lange Bettnässer war. Es dauerte ungefähr bis zu meinem 12. Lebensjahr. Immerhin tauchte das Problem selten auf, wenn ich woanders zu Besuch oder wenn ich auf Klassenfahrt war. Wenn doch, war es natürlich furchtbar. Liebevoll nannte mich meine Mutter daher ‚Puschi'. Ein zweifelhafter Spitzname. Daraus ergab sich wiederum viel später der wohl peinlichste Moment in meinem gesamten Leben: Ich, 15 Jahre alt, sitze an einem langen Samstag auf dem Braunschweiger Domplatz und bin mit meiner Mutter zum Klamotten Shoppen verabredet (frage mich bis heute wieso). Da ich direkt aus der Schule komme, ja Samstag, sitzen gefühlt alle meine Bros neben mir und essen Eis, Pizza etc. Meine Mama betritt den Platz, ortet mich, guckt erstaunt und schreit mit subjektiv gefühlten 140 Dezibel aus subjektiv gefühlten 100 m Entfernung: (Trommelwirbel...) „PUSCHI! HAST DU AUCH DEIN WARMES UNTERHEMDCHEN AN??" Spontan drehe ich mich weg und verlasse den Schauplatz des Verbrechens. Eigentlich erstaunlich, dass ich in der Folge nicht in Therapie musste.

Im Erdboden versunken Teil 2

Meine Mutter, die sich Zeit ihres Lebens, besonders in der Schule beim Hauswirtschaftsunterricht, für vollwertige Ernährung stark machte, ging damals durch die Stadt. Termine, Stress usw. Und dachte sich: Scheiß drauf, ich habe so einen Hunger, ich hole mir jetzt einen Hamburger. Einen einzigen. Da sitzt sie also bei McDonald`s, beißt in den

Burger und auf einmal steht exakt der Kollege hinter ihr, welchem sie wegen seiner Ernährung ständig Vorträge hält. Der: „HAHAHA, DU HIER. DAS ERZÄHLE ICH MORGEN ALLEN IN DER SCHULE!“ und geht von Lachkrämpfen geschüttelt weg. Meine Mutter wollte noch erklären, dass das erst der zweite oder dritte Burger bei McDonald`s in ihrem ganzen Leben war. Sinnlos. Sie ärgerte sich danach noch Monate. Ja, Kinder. Und daher werde ich mich hüten, beim Thema Ernährung hier irgendwelche dogmatischen Standpunkte zu vertreten.

Aber lustig war es schon...

Bis zur zehnten Klasse gibt es nichts zu erzählen, was irgendwie anders oder besonders wäre im Vergleich zu einem typisch durchschnittlichen Teenagerleben. Ich bekam Pickel, eine Brille, eine Zahnspange. Es wurde gemobbt, aktiv und passiv, die ersten Partys, das erste Bier, die erste Freundin. Beste Voraussetzungen also für eine umfassende Traumatisierung und psychische Schäden, wenn man nicht unbedingt eine solide Kindheit hatte. Ich fühlte mich zunehmend unwohl in meiner Peergroup, und das Klassenklima war geprägt von Konkurrenz und Bündnissen. Ich war jedoch auch Teil des Problems, und daher hätte es wenig gebracht, wenn ich einfach nur die Klasse oder die Schule gewechselt hätte. Irgendetwas stimmte grundsätzlich nicht. Ich wusste aber nicht was. Nur, dass ich etwas an mir ändern wollte. Ich wollte kein Teil der Markenfetischisten sein, die mit Papas Geld in der Schule beeindrucken mochten. Ich wollte nicht Teil der Obercoolen sein, wenn das hieß, andere auszugrenzen. So war ich doch nicht. Allein die Alternative fehlte. Oder besser eine Perspektive, wie es anders laufen sollte.

Als ich in der Schule vom Austauschprogramm der Organisation AISE (American Intercultural Student Exchange) hörte, sollte dies mein Leben nachhaltig beeinflussen. Ein Jahr USA, ein Jahr Veränderung in fremder Umgebung. Wie ein Neustart, ein Reset, eine Chance. Je mehr ich davon las, desto intensiver versuchte ich meine Eltern davon zu überzeugen. Die Einstellung war auch nicht das zentrale Problem.

Gerne hätten mir meine Eltern diese einmalige Sache finanziert. Es fehlte aber das Geld. Mein Vater musste den Kredit für das Haus verlängern. Die Zinsen lagen bei sagenhaften zehn Prozent. Die Anzahlung für das teure Programm lag bereits bei 1000 DM. Das war inflationsbereinigt damals noch mehr, als es auch heute noch klingt. Kurz vorm Anmeldetermin hatte ich zudem einen Unfall. Auf dem Weg zum Musikunterricht wurde ich von einem LKW auf dem Fahrradweg angefahren. Hose kaputt, Jacke kaputt, Arm kaputt. Beide Knochen sauber gebrochen. Dazu eine Gehirnerschütterung. Der Fahrer fuhr einfach weiter. Pech für ihn, dass es ein halbes Dutzend Zeugen gab, die sich netterweise das Kennzeichen gemerkt hatten und die Polizei verständigten. Glück für mich, dass der Bauunternehmer, für den der Fahrer arbeitete, den Vorfall nicht besonders guthieß. Der Fahrer verlor seinen Job, ich bekam eine neue Jacke, eine neue Hose, einen netten Brief und etwas Kleingeld für den gebrochenen Arm. Nämlich exakt 1000 DM.

Ich glaube keineswegs an Schicksal, bin aber davon überzeugt, dass man aus Zufällen selbstständig das Beste machen darf.

Das Jahr in den USA war nicht immer einfach, aber insgesamt eine Erleuchtung. Ich müsste dazu ein eigenes Buch schreiben. Nur so viel: Ich lernte, was Respekt und Nächstenliebe bedeutet. Ich hatte meine erste richtige Freundin. Ich war konfrontiert mit Rassenhass und Gewalt. Mit Reichtum und furchtbarer Armut gleichzeitig. Es war das Jahr, in dem Rodney King nach einer Verfolgungsjagd von vier Polizisten in Los Angeles mit Schlagstöcken halb totgeprügelt wurde, als er bereits hilflos am Boden lag, was im Detail gefilmt und veröffentlicht wurde. Nachdem die Polizisten freigesprochen waren, starben während der Unruhen 53 Menschen. Die Auswirkungen waren im gesamten Jahr im ganzen Land und auch noch im mittleren Westen in Kansas, wo ich lebte, zu spüren. Ich erinnere mich, dass wir einen Tag nach Veröffentlichung des Prügelvideos ins Kino fuhren. Mein Gastvater hatte seine geladene Schrotflinte vorne im Truck dabei mit den Worten: „Wenn mir einer vor das Auto springt, den schieß ich über den Haufen." Ich erinnere mich, dass meine Freundin und ich in einem Schnellrestaurant waren. Ein kleiner schwarzer Junge lief an uns vorbei, blieb stehen und spuckte vor uns auf den Boden. Meine Freundin erklärte mir, dass er nicht verstehen könne, dass ein weißer Kerl mit einer schwarzen Schwester zusammen war. Ich weiß noch, wie ich wütend wurde, als sie mir sagte, daran müsse ich mich einfach gewöhnen. Das sei schließlich eine unbedeutende Kleinigkeit im Gegensatz dazu, was Schwarze hier alles aushalten müssten.

Außerdem war es die Folgezeit des zweiten Golfkrieges, indem die USA unmissverständlich klar machten, dass geostrategische Interessen vor allem dann wichtig waren, wenn es ums Öl geht. Ich weiß noch, dass mein Gastvater großer Fan von George Bush war und einen jungen Senator namens Bill Clinton für völlig untauglich hielt. Dieser war nach seiner ersten Amtszeit 1980 im Bundesland Arkansas ganz in der Nähe zugunsten eines Republikaners gleich wieder abgewählt worden, weil er für den Ausbau der Straßen die KFZ-Steuer für besonders große Autos mächtig anhob. Das kann man in den USA natürlich nicht einfach so machen. Dass er allerdings 1982 wieder gewählt wurde und bis 1992 das Amt vorbildlich ausfüllte, verschwieg mir mein Gastvater. Vielleicht hatten sich die Einwohner von Arkansas daran erinnert, dass die Bildung und die mittelständischen Betriebe durch Clintons Förderprogramme regelrecht aufblühten. In seiner Amtszeit bis 1992 tat Clinton schließlich sehr viel für die Gleichstellung schwarzer und weißer Bevölkerung. Ich weiß noch, dass mein Gastvater Clinton als komplett chancenlos beim gerade anlaufenden Wahlkampf zum Präsidenten betrachtete. Er wäre kein Patriot. Als sein älterer Bruder ein neues Auto, einen Nissan, kaufte, sagte er ihm, er könne sich wenigstens ein amerikanisches Auto leisten. Andererseits hatte er aber auch ein großes Herz und war offen für andere Sichtweisen. So war er sehr interessiert an deutscher Politik und daran, wie wir die Amerikaner sehen. Wahrscheinlich war es ein Vorteil, dass er erst 33 Jahre alt war. Er besorgte uns eine Basketballanlage, die wir mit einem Betonfundament an der Auffahrt errichteten, weil ich gerne Basketball spielte. Er fragte mich, ob ich gerne Tischtennis spiele. Einen Tag später kam er mit einer Tischtennisplatte nach Hause. Ich hatte das Gefühl, er habe sich schon immer einen Sohn gewünscht. Als ich Interesse zeigte, sonntags mit seinen Brüdern und ihm auf die Jagd zu gehen, weckte er mich um drei Uhr morgens. Ich wollte weiterschlafen. „Nichts da“, sagte er. „Du wolltest mit, jetzt musst du aufstehen.“ Abends gab es selbst erlegte Wachteln zum Abendessen. Ich durfte immerhin auf Büchsen schießen, was mir aber auch reichte. Nach dem Jahr in den USA wurde ich für ca. fünf Jahre Vegetarier. Es gab fast jeden Tag Fleisch. Das musste ich irgendwie kompensieren. Meine junge, hübsche Gastmutter, die bereits während meines Aufenthaltes Krebs hatte und in die Chemotherapie ging, starb, als ich wieder in Deutschland war. Kurz vor Weihnachten 1992 rief mich mein Gastvater an, um mir die traurige Mitteilung zu machen. So endete dieses Kapitel. Inklusive einer Freundin, die ich sehr vermisste. Wir hatten vereinbart, uns nicht mehr zu schreiben. Mit 18 hatten wir offenbar nicht das Gefühl, eine gemeinsame Zukunft planen zu müssen.

Ihr Leben ging in den USA weiter, meines in Deutschland. Ich machte da weiter, wo ich aufgehört hatte. Nämlich mit der elften Klasse und somit einem anderen Jahrgang. Sehr nette Leute, entspannte Atmosphäre und ein toller Zusammenhalt unter den ca. 70 Schüler:innen. Wir treffen uns noch heute mit dem harten Kern der Abiturient:innen. Ich war jetzt mit Abstand der Älteste, sprach fließend Englisch, war ein richtig guter Basketballspieler geworden und wurde nicht nur akzeptiert, sondern fand einen neuen Freundeskreis. Wir engagierten uns in der Schülervertretung, fuhren Moped und kifften. Ich fing mit 18 mit dem Rauchen an. Rückblickend natürlich völliger Schwachsinn. Damals völlig verständlich, denn wir waren nach dem Jahrgang der ‚Popper‘ ein linksgrün-alternativer Jahrgang, der mit zerrissenen Jeans, alten Wollpullis und Chucks (Turnschuhe von Converse) daherkam. Das Äußere war dementsprechend wichtig, die inneren Werte jedoch noch viel mehr. Wir protestierten gegen den Irak-Einsatz 1993, gegen die Bildungspolitik in Niedersachsen durch einen Minister namens Gerhard Schröder und gegen rechtsradikale Gruppierungen in Braunschweig. Ich war Schlagzeuger und Sänger in einer Rockband, die sogar ein Album einspielte, dass lokal verkauft wurde. Natürlich ohne nennenswerten Erfolg.

Und ich verdiente mir etwas Geld in meinem ersten richtigen Job dazu. Als Vegetarier ironischerweise bei McDonald`s.

McDonald`s

Wir hatten eine sehr genaue und manchmal etwas anstrengende Chefin. Alles musste zu 100 Prozent den Richtlinien entsprechen. Ein Kumpel von mir, der auch bei McDonald`s am Bohlweg im Zentrum von Braunschweigs Innenstadt arbeitete, machte sich zur Pause einmal einen McRib mit zwei Stück Fleisch und vier Scheiben Käse. Die Chefin stand leider direkt hinter seinem Rücken und sagte nur: „Herr Günter, das entspricht aber nicht der regulären Zubereitung! Das habe ich zum letzten Mal gesehen.“ Es kam nicht wieder vor. Trotz eines strengen Regiments, hatte sie auch sehr menschliche Seiten. Als ein Kollege am Grill völlig betrunken zur Arbeit erschien, ging sie ohne großes Tamtam nach hinten, wo ich auch gerade beim Frittieren war und sagte leise aber deutlich: „Sie packen jetzt bitte ihre Sachen zusammen, gehen nach Hause und schlafen sich aus. Kommen sie morgen wieder und seien sie arbeitsfähig, dann ist das für mich vergessen!“

Da ich schnell lernte, in allen Arbeitsbereichen die Abläufe zu beherrschen, durfte ich auch ab und zu an der Kasse vertreten. Sie hatte wohl gemerkt, dass ich mit schwierigen Kunden gut zurechtkam oder mir ohne Probleme fünf bis sechs Bestellungen merken konnte, wenn mal was fehlte. Eines Tages stand ein alter, sehr ungepflegter Mann vor mir, den ich kaum verstehen konnte. Er hatte kaputte Hände mit Verätzungen und Löchern darin. Zudem stank er ziemlich heftig. Noch bevor ich richtig verstand, was er wollte, stupste mich die Chefin zur Seite und sagte nur kurz: „Mein Kunde“. Sie plauderte nett mit dem Mann, nahm sich Zeit, war super nett und zuvorkommend und brachte ihm das Essen an den Tisch. Das war damals noch eher unüblich. Dann nahm sie mich zur Seite und erklärte mir, dass der Mann regelmäßig hierherkomme. Er habe früher in einer Chemiefabrik gearbeitet und sei durch einen Unfall arbeitsunfähig geworden. Sie lege großen Wert darauf, dass ausnahmslos alle Gäste gut behandelt würden. Nun, sie behandelte ihn sogar besser als andere. Ich muss auch heute noch oft an meine Chefin von damals denken und was es ausmachen kann, Menschen würdig zu behandeln und sich von Vorurteilen zu befreien. In Sachen Vorbildcharakter und Menschlichkeit eine winzige aber wichtige Episode für einen 19-jährigen Hosenscheißer wie mich.

Running Man

Zu dieser Zeit gab es in Braunschweig einen großen, hageren und blonden Mann, etwa Ende 20, Anfang 30, der häufig durch die Innenstadt lief. Scheinbar ohne Ziel. Wir Schüler:innen nannten ihn den ‚Running Man' oder einfach nur ‚den Läufer'. Ich schätze fast jeder hat ihn damals gesehen. Er bahnte sich seinen Weg durch die Menge, rempelte manchmal andere Menschen an und hatte einen wirren, hektischen Blick. Manchmal lief er den halben Tag hin und her und ab und zu faselte er irgendwas Unverständliches vor sich hin. Wörter, Satzbrocken, unlogische Dinge. Viele machten sich über ihn lustig oder lachten ihn aus. Mit 13, 14 Jahren gehörte ich auch dazu. Aber nie tat er jemandem weh oder war gefährlich.

Mit 18 Jahren nach dem Jahr Auslandserfahrung und dem damit verbundenen Jahrgangswechsel lernte ich einen Kumpel kennen, der nicht nur mein bester Freund wurde, sondern der selbst einige schlimme Dinge erlebt hatte. Als er Fünf war trennten sich seine Eltern, und als Kind betrat er einmal das Schlafzimmer, in dem sein Vater, bei dem er blieb, bitterlich weinte über den Verlust seiner Frau. Da dieser mit den Kindern, ihm und seinem großen Bruder, nicht immer geschickt umgehen konnte, musste mein Freund viele Alltagsdinge alleine in die Hand nehmen, schnell selbstständig werden und entwickelte ein gutes Gespür für Menschen. Eines Tages kamen wir auf das Thema des ‚Running Man'. Er wusste seine Geschichte, weil er sich dafür interessiert hatte und Leute kannte, die mit dem Läufer in Verbindung standen. Des Rätsels Lösung war traurig und gleichzeitig schlüssig. Als unser Läufer im Kindesalter war, kam er von der Schule nach Hause, vielleicht acht oder neun Jahre alt. Ein fröhliches, unbekümmertes Kind. Doch von seinem

Elternhaus war nicht mehr viel übrig. Aus ungeklärten Gründen war es bis auf die Grundmauern abgebrannt. Beide Eltern, Mutter und Vater kamen darin um. Was danach passierte, wusste mein Freund auch nicht genau. Aber offensichtlich führte dieses Schicksal in der Konsequenz dazu, dass er als erwachsener Mann, als Getriebener, durch die Stadt lief und keine Ruhe fand, dieses Erlebnis nicht verarbeiten konnte und sich in seine eigene Welt zurückzog. Später, als ich erwachsen war, habe ich den Running Man nicht mehr gesehen. Ich weiß nicht, was aus ihm wurde. Aber im Nachhinein schämte ich mich tief für mein früheres Verhalten. Bis heute habe ich diese Geschichte noch nie jemanden erzählt. Jetzt hatte ich das Bedürfnis dazu.

Es ist leicht, über scheinbar ‚verrückte' Menschen zu lachen, sich über das Verhalten, dass so merkwürdig ist, zu amüsieren. Immer gibt es einen Grund für Verhalten, auch wenn dieser nicht offenbar ist. Darum ist es nie zielführend, vorschnell zu urteilen. Ich hoffe, ich habe diese Lektion gelernt. Der Running Man wird mich immer daran erinnern.

Berlin

Der neue Jahrgang führte dazu, dass ich mich relativ schnell in einer anderen Clique wiederfand. Motorroller fahren, Ska und Punk hören, Party machen. Leider fing ich, wie bereits gesagt, zu diesem Zeitpunkt auch mit dem Rauchen an und bin heute heilfroh, diese Sucht los zu sein. Damals machten wir uns jedoch nicht allzu viele Gedanken, was Alkohol und Zigaretten anging. Und auch auf andere interessante Ideen kamen wir. Einer von uns hörte von einer großen Mod-Party (Mods waren und sind eine Jugend-Gruppierung mit einer Vorliebe für Motorroller, Parkas und Ska, Soul oder Jazz. Der Ursprung findet sich in England bereits in den 60er Jahren. Wer den Film Quadrophenia mit der Musik von ‚The Who' kennt, weiß Bescheid) in Berlin-Kreuzberg, und wir hatten natürlich großes Interesse daran. Zwei Gegebenheiten sorgten dafür, dass wir es bis nach Berlin schafften. Erstens waren meine Eltern im Urlaub und hatten das Auto dagelassen. Zweitens hatte ich seit kurzem einen Führerschein. Das einzige Problem war der Tachostand. Es würde meinem Vater sicherlich auffallen, wenn da knapp 500 km mehr drauf waren. Aus dem erweiterten Freundeskreis fand sich zum Glück ein Kumpel, der gerade eine Ausbildung zum KFZ-Mechaniker absolvierte und auch noch nie in Berlin war. So fuhren wir den alten und riesigen Mazda 929 Kombi zur Stadthalle in Braunschweig. Denn dort gab es ein großes Parkdeck, auf dem es komplett einsam war, wenn nicht gerade Harry Belafonte oder Roland Kaiser sangen. Zudem war die Bordsteinkante mindestens 30 cm hoch, so dass ich mit einer Wagenseite darauf fahren konnte. Jetzt robbte sich unser KFZ-Kollege, der nicht gerade schlank war, unter das Auto mit den Worten: „... Tachowelle abklemmen...“ oder so ähnlich. Irgendwann sagte er, während er unter der Karre war: „Hey Leute! Die gute Nachricht: Ich glaube, ich habe es geschafft. Die schlechte: Hier tropft jetzt Öl raus.“ Während wir anderen schon überlegten und dilettantisch fachsimpelten, woran es liegen konnte, krabbelte unser Freund wieder hervor und meinte: „Problem gelöst. Ich habe mein Kaugummi um die Stelle geklebt.“ Auf meine Frage, was wir denn machen sollten, wenn uns die Polizei ohne funktionierenden Tacho und Geschwindigkeitsanzeige anhalten würde, antwortete einer meiner Freunde: „Wenn wir anhalten, sehen sie ja nicht, dass es nicht funktioniert.“ Klang logisch für mich.

Und so fuhren wir (trotzdem vorsichtshalber sehr langsam) nach Berlin. Immer geradeaus. Wahrscheinlich mit 90 km/h. Das musste der Grund sein, warum uns sogar die LKW überholten. Alle zwanzig Minuten gab es eine Rauchpause. Denn das ging im Wagen meiner Eltern natürlich nicht. Da mir kein Einwand gegen das Biertrinken einfiel, kamen meine vier Kumpel bereits ordentlich betrunken in Berlin an. Nur ich war nüchtern. Wir fanden in der Nähe einen guten Parkplatz und waren schließlich auf der Party. Da ich Einiges nachholen musste, trank ich erst mal eine Flasche Martini. Die Party war super. An viel mehr erinnere ich mich jedoch nicht mehr. Am nächsten Tag wachten wir mittags in Berlin-Kreuzberg auf. Zwei lagen auf den zurückgestellten Vordersitzen, drei von uns lagen hinten. Die Rücksitze waren umgeklappt, wodurch man einigermaßen liegen konnte. Mit einem Kater und Rückenschmerzen traten wir den Heimweg an. Meine Eltern merkten nichts. Gott sei Dank. Irgendwann mit Ende Zwanzig oder so konnte ich nicht anders. Ich erzählte meinen Eltern die ganze Geschichte. Erstaunlicherweise waren sie kein bisschen sauer und fanden es sogar ein bisschen lustig. Es mag sein, dass es auch an der Pointe lag: Das Kaugummi hielt die gesamte Strecke.

Große Liebe

Warnung! Wer Opfer eines Missbrauchs ist, möge diese Geschichte bitte überspringen. Ich hatte lange überlegt, ob ich zum Thema etwas schreiben möchte. Ich möchte, denn es gehört zu meinem Leben dazu. Ich werde nicht ins Detail gehen, aber die Schilderungen könnten natürlich trotzdem verstören oder schlimmstenfalls traumatisch wirken.

Ich war 19 und lernte eine tolle Frau kennen. Ich war schwer verliebt, auch noch nach der ersten Phase des Kennenlernens. Sie war witzig, sehr sportlich, hatte einen frechen Charme und wirkte sehr selbstbewusst. Mich hatte sie total umgehauen. Zudem sah sie für mich super aus. Nicht diese objektive glatte Schönheit, sondern mit Ecken und Kanten, hatte das gewisse Etwas. Okay, ich war 19. Das Äußere war damals wohl etwas wichtiger als heute. Obwohl alles perfekt schien und auch unglaublich schnell ging, stimmte irgendetwas nicht. Sie wirkte manchmal von einer Sekunde auf die andere traurig, dann wieder etwas überdreht und total wild. Alles scheinbar ohne Anlass. Aufgrund meiner absolut fehlenden Erfahrung wirkte das alles noch viel anziehender auf mich. Egal, wo ich mit ihr war, wir standen im Mittelpunkt. Und auf Partys ging sie ab wie eine Rakete. Ich weiß noch, dass ich wahnsinnig eifersüchtig war, nur wenn sie einen anderen anguckte. Irgendwann, es war abends bei mir, erzählte sie mir, was mit ihr los war. Wir beide wollten mehr als nur Küssen und Händchen halten und sie erklärte mir, warum bestimmte Dinge nicht möglich seien. Sie wurde als Kind von ihrem Vater missbraucht. Jahrelang und schwer. Sie erzählte mir von einem Vorfall, wo ihr Vater sie ans Bett fesselte und mehrere Männer dazu einlud. Ich erspare euch Weiteres. Ich war total geschockt. Zugleich hatte ich den starken Wunsch zu helfen.

Die Beziehung funktionierte nicht. Es war kein unbefangener Umgang möglich. Wann immer wir zärtlich miteinander wurden, konnte es zu spontanem Stimmungswandel kommen. Wir wollten, doch wir konnten nicht. Sie war frustriert, ich wusste nicht, was ich machen sollte. Und unsere Liebe und Zuneigung reichten einfach nicht. Die Vergangenheit stand uns im Weg. Sie ging zur Therapie, wir trafen uns weniger und irgendwann gar nicht mehr. Sie sagte, es würde nicht funktionieren. Nicht mit mir, nicht mit irgendjemandem, vielleicht nie. Und ich ließ sie gehen. Ich war am Boden zerstört. Zeitsprung.

Ich war 21 und machte Zivildienst. Auf einer Party lernte ich eine Frau kennen. Sie lebte allein, machte eine Ausbildung zur Zahnarzthelferin und wollte später unbedingt Stewardess werden. Die Mutter und ihr kleiner Bruder lebten in der Nähe. Beide sehr nett. Vom Stiefvater hatte sich die Mutter vor Kurzem getrennt. Unsere Beziehung war sehr unkompliziert. Und wir verstanden uns klasse. Wir genossen die Zeit zusammen. Ohne Kompromisse. Das Geld, was wir hatten, wurde auch ausgegeben. Als das Thema Stiefvater irgendwann auf den Tisch kam, machte es die Beziehung tiefer und fester. Er hatte sie missbraucht. Da war sie zwischen neun und elf Jahren alt. Erst als Teenager hatte sie sich ihrer Mutter anvertraut und diese dann verlassen, um alleine zu wohnen, weil diese sich nicht sofort vom Mann trennte. Doch schon damals ging die Geschichte zum Anwalt. Jetzt sollte die Verhandlung endlich stattfinden. An den Tagen, an denen sie vor Gericht aussagen musste (und es auch wollte), war ich komplett bei ihr. Guckte in das regungslose Gesicht des Stiefvaters, tröstete sie und auch ihre fassungslose Mutter, die bis zu diesem Zeitpunkt noch gar nicht komplett wusste, was genau vorgefallen war. Hörte dem Richter zu beim Verkünden des Urteils und feierte mit ihr danach den bescheidenen Erfolg von zwei Jahren Freiheitsstrafe auf Bewährung. Angesichts der Realität (Aussage gegen Aussage, sonst keine Zeugen), war es für sie ein wahnsinniger Erfolg, Recht zu bekommen und dafür zu sorgen, dass der Mann seinen Beamtenstatus sowie seinen Job verlor. Zeitsprung.

Nach ca. dreieinhalb Jahren, sie war mittlerweile Stewardess in München, ich Student in Oldenburg, hielt unsere Beziehung der Distanz von nunmehr 700 Kilometern nicht stand. Sie wollte, dass ich zu ihr ziehe, ich konnte mich damals nicht zu mehr entscheiden. Irgendwann hatte sie einen Freund, der für sie da war. Ende.

Das alles ist lange her und teils verdrängt. Ich habe meinen Frieden damit gemacht. Womit ich bis heute keinen Frieden machen werde, sind Missbrauchsfälle, deren Verharmlosung oder dumme Sprüche darüber. Missbrauch ist seelische Körperverletzung schlimmster Art. Nicht alle Betroffenen bleiben ein Opfer, manche wehren sich. Teils völlig allein, ohne Hilfe. Erschreckend viele Frauen und Mädchen sind betroffen. Aber natürlich auch Jungen und manchmal auch Männer. Die Dunkelziffer ist hoch und die Täter kommen oft aus dem engsten Familienumfeld, was das Ganze noch schwieriger macht für alle Beteiligten. Wer andere missbraucht, tut dies aus verschiedenen Gründen. Häufig geht es um Macht. Nie geht es darum, dass eine Frau selbst Schuld hat, weil sie gut aussieht oder sich zu ‚sexy' anzieht. Schuld hat allein der Täter. Oftmals nutzt er eine vorhandene Machtposition für seine kriminellen Handlungen aus. Ob nun Vater, Priester, Chef oder Lehrer. Die Täter kommen aus allen Schichten. Nicht jeder, der andere begrabscht, einer Frau zu nahekommt oder diese bedrängt, muss ein Vergewaltiger sein. Jedoch gehen bereits hier Missbrauch und Verharmlosung Hand in Hand. Am Ende gibt es nur einen Platz für Täter. Das Gefängnis. Auch, wenn ich mir damals noch ganz andere Konsequenzen gewünscht hätte.

Eine Weihnachtsgeschichte

Ich studierte zwar in Oldenburg, fuhr aber anfangs noch regelmäßig nach Braunschweig zu meinen Eltern oder Freunden. Auch, um meine geliebte Eintracht Fußball spielen und leider damit auch oft verlieren zu sehen. Da ich zudem in den Semesterferien oft in Braunschweig jobbte und alles machte, was das Arbeitsamt so auf Lager hatte, kannten mich die Mitarbeiter:innen relativ schnell. 1997 boten sie mir an, Weihnachtsmann zu sein. Ich war skeptisch, aber sie meinten, ich würde mich perfekt eignen. Groß, tiefe Stimme, umgänglich. Damals gab es in ganz Braunschweig Weihnachtsmänner, die von Familie zu Familie fuhren, für ein Honorar von jeweils 50 DM die bereits von den Familien besorgten Geschenke verteilten und nach Absprache ein bisschen Show machten. Ich musste mir lediglich ein Kostüm leihen. Aber die Kohle überzeugte mich. Trotz der Arbeit an Heiligabend. Ich hatte acht Auftritte ab ca. 14 Uhr. In einem Kleingartenverein bekam ich sogar 150 DM. Da waren auch relativ viele Kinder zu bespaßen. Ich hatte meine Gitarre mit und spielte ein paar Songs. Alle sangen ‚O du fröhliche'. Zudem hatte ich mir ein Buch mit Weihnachtsgeschichten mitgenommen und den Einband in goldenes Papier verpackt. Jedes Kind bekam am Ende eine mit goldener Farbe besprühte Walnuss von mir, die einen Wunsch symbolisierte. Ich ließ keinen Zweifel daran, dass ich der Weihnachtsmann war. Später war ich in einer großen Villa. Viele sehr gut angezogene Erwachsene, zwei kleine Mädchen. Die meiste Zeit war ich damit beschäftigt, die ca. 87 Barbie-Puppen aus den drei großen Säcken zu holen, die man mir vorher überreichte. Die waren sogar ziemlich nett und ich bekam ein großzügiges Trinkgeld. Die Mädchen, die eine Puppe nach der anderen auspackten, um diese sofort auf einen großen Haufen zu werfen, waren kein so schönes Erlebnis. Am Ende fehlte auch noch eine bestimmte Puppe und der Papa war etwas bestürzt, dass ich, der Weihnachtsmann etwas vergessen hatte. Ich konnte die für meinen Geschmack etwas verwöhnten Mädels durch ein kommendes Weihnachten beruhigen. Eine Walnuss schenkte ich erst gar nicht, und für das Vorlesen einer Geschichte war keine Zeit zwischen den vielen Geschenken und den Champagner trinkenden Erwachsenen.

Am Ende des Tages, ich war fix und fertig, stand noch eine Familie in Stöckheim, ein Dorf außerhalb der Stadt, auf der Liste. Ein großes Mehrfamilienhaus. Der Papa wartete unten im Eingang auf mich, damit wir uns absprechen konnten. Sehr nett. In der kleinen aber schnuckligen Wohnung stand ein winziger Weihnachtsbaum und ein Mädchen und ein kleiner Junge guckten mich mit riesigen Augen an. Ich gab noch einmal mein Bestes. Volles Programm: Geschichte, Lieder, Märchen von der Zauberwalnuss und dann die Geschenke. Ich weiß das heute noch genau. Das Mädchen bekam einen Puppenkasten mit acht fingergroßen Püppchen aus Holz und Stoff darin, der Junge einen Holzbagger zum selbst Zusammenbauen. Das war`s. Ein Geschenk für jeden. Die beiden freuten sich so sehr und waren überglücklich. Ich war sehr gerührt. Auch durch das Kontrastprogramm mit den ‚reichen' Leuten vorher. Der Papa begleitete mich nach draußen. Es gab kein Trinkgeld. Er hatte eine Flasche mit günstigem Rotwein sehr schön eingepackt für mich und bedankte sich vielmals für das tolle Erlebnis. Seine Frau und er hätten lange überlegt, ob sie sich einen Weihnachtsmann leisten könnten. Um ca. 21 Uhr war ich bei meinen Eltern und genoss das Essen, dass meine Mama warm gestellt hatte. Im nächsten Jahr war ich nochmal Weihnachtsmann. Danach nicht mehr, weil ich wieder mit meinen Eltern feiern wollte. Die nette Familie habe ich nicht mehr gesehen. Das Erlebnis, wie unterschiedlich das Fest der Liebe und Familie gefeiert wird, ist bis heute präsent.

Eine Vorweihnachtsgeschichte

Später im Studium machte ich am Wochenende Nachtdienst in einer Tanke in Oldenburg, Kreyenbrück. Scherzhaft auch Kreyenbronx genannt. Ab und an hatte ich auch etwas schwierige Kunden, so dass ich gelegentlich durch das Fenster verkaufte und die Tür verriegelte. Eines Nachts kam ein Obdachloser herein, den ich schon öfter gesehen hatte und kaufte sich ein paar Kurze. Das wiederholte sich dann ein paarmal. Er hatte keine besonders warmen Sachen an, und für einen November war es damals bitterkalt. Irgendwann ging ich nach draußen, um zu gucken, was er macht. Er saß auf dem Boden hinter der Tanke und zitterte. Ich bat ihn, doch herein zu kommen, wo es warm war. Aber er wollte nicht und wirkte auch nicht mehr gut ansprechbar. Ich ging wieder rein und setzte mich hinter die Kasse. Das hielt ich aber nicht lange aus. Also ging ich wieder raus und schaute nach. Jetzt zitterte er am ganzen Körper und sah gar nicht gut aus. Ich rief von drinnen einen Notdienst an. Erste Frage, nachdem ich erklärt hatte, was ist: „Ist er verletzt?"

Ich: „Nein."

Die: „Dann können wir auch nichts machen."

Ich: „Aber er kann nicht mehr aufstehen. Der wird hier erfrieren!"

Die: „Nicht unser Problem."

Gespräch beendet. Super, dachte ich und tat das Einzige, was mir noch einfiel. Ich rief die Cops. Die waren zu zweit und schon zehn Minuten später da. Zwei ältere Herren, ganz tiefenentspannt. Der Ältere ging gleich auf den Obdachlosen zu und sagte: „Mensch, Rolli! Was machst du denn?" Ich hatte ihn inzwischen in eine Decke aus dem Lager gehüllt. Trotzdem konnte er kaum antworten. Die Polizisten kannten ihn. Und dann erzählte ich ihnen von meinem Notruf. Darauf kam mit das Coolste, was ich je erlebt habe. Der Ältere rief den Notruf an: „Ja, hier die Polizei. Wir brauchen dringend einen Krankenwagen bei der Tankstelle, Cloppenburger Straße...ja…schnell…hier liegt einer am Boden und hat epileptische Anfälle!" Es dauerte wenige Minuten, dann waren sie da und halfen endlich. Als der Krankenwagen weg war, nahmen die Beamten meine Personalien auf und erzählten mir Rollis Geschichte bei einem Kaffee. Er sei schon lange obdachlos und habe früher im Knast gesessen. Dort habe er mehrere Dienste gehabt und sei mit allen super klargekommen. Als er entlassen wurde, kam er nicht mehr zurecht und versuchte einige Male, durch kleine Straftaten wieder einzusitzen. Was ihm nicht vergönnt war. Seitdem lebte er auf der Straße. Es gab noch weitere traurige Einzelheiten wie eine kaputte Ehe etc., und man merkte den Polizisten an, dass sie ihn ins Herz geschlossen hatten.

Guckt nicht weg, wenn jemand Hilfe braucht. Das könntet auch ihr sein.

Meine erste WG hielt nicht allzu lange. Und das hatte weniger mit mir zu tun als mit meinen zwei Mitbewohnern. Wie sich herausstellte, war einer von ihnen sehr sorgsam und um alles bemüht. Er hatte eine Parfüm-Sammlung, kochte viel für uns, saugte Staub, und einmal bügelte er sogar meine T-Shirts, ohne dass ich danach gefragt hätte. Der andere Mitbewohner war, nun ja, so ziemlich das Gegenteil davon. Anfangs konnte ich noch vermitteln zwischen den beiden Extremen, doch schon nach weniger als einem Jahr hielt es der weniger Sorgsame nicht mehr aus. Ständig gab es Konflikte. Wir kündigten die teure Wohnung und ich zog nach kurzer Suche in eine neue WG, die ziemlich nah bei der Uni lag. Dort gab es Bewerbungsgespräche mit den Interessenten, und offenbar machte ich einen guten und passenden Eindruck. Die Gespräche führten zwei der drei Mitbewohner. Man versicherte mir, dass ich schon bald den Dritten ‚kennen lernen' würde mit einem seltsamen Lächeln auf den Lippen. Hatte ich vorher gedacht, dass einer meiner Ex-Mitbewohner im Vergleich relativ unbekümmert in der Verrichtung häuslicher Pflichten war, sollte ich in den nächsten etwa zwei Jahren deutlich eines Besseren belehrt werden. Auch wurde mir später bewusst, warum ich bei der Bewerbung ganz weit vorne lag. Ich brachte eine gewisse und auch dringend erforderliche soziale Flexibilität mit. Diese half mir sehr während meiner Zeit mit ‚Schludder'. Viel Spaß mit den folgenden fünf Geschichten!

Schludder und das Oberlicht

Sozialwissenschaften im ca. 24. Semester. Schludder, der eigentlich Matthias hieß und nur selten sein Zimmer verließ, schaffte es in der Zeit in der ich dort wohnte, also 24 Monate oder etwas über 700 Tage, sein Nudelsieb nicht ein einziges Mal zu waschen. Aber seine größte Ausnahmeleistung sollte ich live miterleben. Zu den Semesterferien war ich (abgesehen von Schludder, der nie weg war) der Letzte, der nach Hause fuhr. Ich war dann auch der Erste, der wiederkam. Es musste ein regnerischer Sommer in Oldenburg gewesen sein, denn als ich die Wohnung betrat, stapfte ich auf völlig nassen Teppich. In der Küche stand das Wasser sogar ein paar Zentimeter hoch. Denn leider war das Oberlicht zum Dach komplett geöffnet. Während ich da also etwas fassungs- und ratlos stand, öffnete sich des Schludders Tür. Er stand da in Badeschlappen und Unterhose, in einer Hand eine Selbstgedrehte mit seinem Lieblingstabak ‚Schwarzer Krauser', guckte mich an und sagte mit der Miene eines Mannes, der gerade einen sehr langen Mittagsschlaf gehalten hatte: „Oberlicht ist auf, haste vergessen." Dann schloss sich die Tür wieder. Ich war zwei Monate weg.

Schludder und die Bratwürstchen

Ich brachte in die 4er-WG eine Mikrowelle mit Heißluft und Minigrill mit ein. Damals der absolute Brüller. Schludder machte sich eines Tages eine komplette Packung Nürnberger Rostbratwürste darin. Danach war die Mikrowelle voller Fett. Auch weil er auf den Rost kein Backpapier gelegt hatte, schwamm alles in brauner Brühe. Die Küche stank eine Woche nach dem Uli Hoeneß-Produkt bis ich schließlich meine Mikrowelle inklusive Innenleben gründlich reinigte. Zwei Stunden lang. Dann stellte ich sie in mein Zimmer. Ein paar Wochen später fragte mich

Schludder, wo denn die Mikrowelle abgeblieben sei. Er würde sich gerne mal wieder Bratwurst machen. Ich zuckte mit den Schultern und sagte: „Wer weiß..."

Schludder und die Frauen

Sommer. Es klopfte an der Tür. Ich öffnete. Vor mir eine bildhübsche junge Dame mit langen blonden Haaren:

„Hi, ich bin von der WG nebenan. Wir sind letzte Woche neu eingezogen."

Ich: „Äh, öh, ... ja herzlich willkommen."

Sie: „Ja, äh, ... wir haben gehört, ihr habt ein Oberlicht mit Zugang zum Dach. Und wir, also meine zwei Mitbewohnerinnen und ich, wollten fragen, ob wir uns da oben sonnen können."

Ich: „Na klar, kein Problem, natürlich, warum nicht? Wir sind da auch oft."

Sie: „Das ist ja super nett von dir, weil wir haben gestern schon mal gefragt, aber dieser Matthias hatte was dagegen."

Ich: „Schludder?"

Sie: „Was?"

Ich: „Nix, egal. Wieso hat Matthias was dagegen?"

Sie: „Der sagte was von Sicherheit und Regeln der Hausverwaltung. Also weil das Betreten des Daches sei verboten. Ist ja ziemlich hoch. Nur der Schornsteinfeger dürfte da rauf."

Ich: „Haha, Schludder und Sicherheit..."

Sie: „Wer?"

Ich: „Nix, egal. Also erstens ist Matthias hier nicht der Hausmeister (ich denke: eher das Gegenteil) und zweitens, wenn man da oben liegt, sieht das kein Mensch. Und keiner von der Hausverwaltung kommt einfach so bei uns rein spaziert."

Und so kam es, dass wir ca. zehn Minuten später alle zusammen auf dem Dach chillten, Bier nach böhmischer Braukunst tranken und einen wunderschönen Ausblick hatten. Auf Oldenburg natürlich und nicht auf die drei Lehramtsstudentinnen in Bikinis, die sich direkt vor unserer Nase bräunten. Die Sonne brannte uns auf den Buckel, wir fühlten uns wie die Krone der Schöpfung und waren für einen Moment freie Männer, die nicht studierten. Nur Schludder, der kurz einmal seinen Kopf aus dem Oberlicht steckte, ihn schüttelte und darauf sagte: „Unreife Kinder!" saß schmollend in seinem Zimmer und brütete bei 30 Grad Hitze wahrscheinlich über den Thesen von Habermas und Luhmann.

Schludder und das Bier

Wir wollten endlich eine große WG-Party machen. Aber wie sollten wir es Schludder beibringen? Würde er die Party sprengen oder sich in seinem Zimmer einschließen? So saßen wir zu Dritt im kleinen Wohnzimmer und fragten uns, wer es Schludder sagen sollte. Da sprang seine Tür auf und er schlurfte im Vergleich zu dem, was man normalerweise als durchschnittlich erachtete, einen Tick zu langsam im Bademantel zu uns:

„Ich hab gehört, ihr wollt eine Party machen? Richtig fett und laut?"

Micha so: „Äh... ja, aber..."

Andi so: „Also, das ist jetzt nur erst mal so eine Idee, wir..."

Ich: „Ja, würden wir gerne und es wäre toll, wenn du auch Ideen dazu hättest."

Schludder (Leuchten in den Augen): „Aber klar! Warum sagt ihr das nicht gleich. Also die meiste Action geht in der Küche ab. IMMER. Da sollten wir Aschenbecher aufstellen und das Rauchen erlauben. Ich kenne einen mit einer Anlage wegen Musik und so. Essen müssen wir uns überlegen. Ich würde nicht viel anbieten. Die Leute sollen ja trinken und nicht essen. Fladenbrot, Kräuterbutter, einen großen Topf Chili vielleicht. Fertig. Bier besorge ich auf Kommission. Ich bin ja der einzige mit Auto. Braucht ihr euch keine Sorgen zu machen. Denke damit steht das grob."

Und mit diesen Worten schloss er die Tür. Fünf Sekunden später ertönte leise Free Jazz. Bei uns: Stille. Wir guckten uns an. Staunen im Blick. Andi fand als erster Worte:

„Ja, wer hätte das gedacht? Mir war gar nicht bewusst, dass er in diesem Jahr überhaupt schon mal einen Nebensatz formuliert hätte." Zeitsprung.

Ein Tag vor der Party. Gut, am Ende hatten wir weder eine vernünftige Anlage noch hatte Schludder irgendetwas beigetragen, aber immerhin war er jetzt gerade los, um das Bier zu holen. Sogar einen Anhänger hatte er organisiert, um nicht mehrfach fahren zu müssen. Wir hatten drei Wochen lang alle Leute eingeladen und angesprochen, die wir jeweils von der Uni und sonst woher kannten. Bei mir wollten sogar meine alten Braunschweiger Kumpels kommen. Eintracht, Wolters Pilsener, richtig trinkfeste Jungs mit nur einem Anspruch: Ein vernünftiges Pils. Jever, Einbecker oder eben ein Wolters. So in der Art. Wir hatten die ganze Bude auf Vordermann gebracht und ein wenig geschmückt mit Lichterketten und so. Alles war schön. Dann kam Schludder mit... nichts war mehr schön... mit... das durfte nicht wahr sein... eine Katastrophe... mit 50 Kästen Öttinger Pils!

„Geil was, hab ich total billig bekommen. Wir sparen ordentlich." Begeistert und berauscht von seiner eigenen Performance sprach Schludder eine halbe Oktave höher und viel schneller als sonst, worüber man unter anderen Umständen hätte lachen müssen. Aber keiner lachte.

Andi: „Was soll das denn darstellen?“

Schludder: „Bier, was sonst.“

Micha: „Nein. Das ist kein Bier. Das ist billiges Abflusswasser, das Sodbrennen und schlechte Laune verursacht.“

Schludder: „Bier ist Bier. Nach dem Fünften schmeckt alles gleich.“

Du hattest EINEN Auftrag, dachte ich. Zeitsprung.

Party. Schludders Zimmer ist das Einzige, das nicht betreten werden darf. Auch nicht von seinen Gästen. Bei mir im Zimmer wird gekifft. Mein Kühlschrank ist gefüllt mit Einbecker. Vor dem Kühlschrank sitzt ein Braunschweiger. Ehemaliger Boxer, Ringer und 190 cm groß. Jemand kommt ins Zimmer und fragt, was wir denn hier im Kühlschrank hätten.

Der Braunschweiger so: „Gast von Schludder?“

Der Typ etwas verunsichert so: „Äh ja.“

Mein Kumpel aus Braunschweig: *schüttelt langsam Kopf. Typ verlässt rückwärts mein Zimmer. Das geht im Laufe des Abends noch drei-, viermal so. Dann geben sie es auf. Wir lachen. Jedes Mal.

PS: Schludder hatte dann doch noch das mit der Kommission vergessen. Das Öttinger hielt dementsprechend noch einige Monate und war ausschließlich für Schludders Besuch reserviert. Bier ist Bier.

Schludder – das Finale

Das Erwachen der Nutzlosigkeit. Nachdem unser - was gegenseitige Unterstützung und Einsatz bei Haushaltsdiensten eher zurückhaltende - Mitbewohner Schludder sein gesamtes Talent bei der großen WG-Party durch den geringfügig übereifrigen Einkauf des allseits nicht beliebten Öttinger Pils voll ausgespielt hatte, zogen die Monate ins Land.

Durch seinen Fauxpas, nicht wie angekündigt, das Pils zumindest auf Kommission zu kaufen, konnten wir uns immerhin noch sehr lange an schlechtem Bier erfreuen. Das ist natürlich besser als keine Freude an keinem Bier. In dieser tristen Zeit achtete ich darauf, meinen Tabak nirgendwo außerhalb meines Zimmers liegen zu lassen. Zu oft korrelierte sein Verschwinden mit zunehmendem Rauchaustritt aus Schludders Zimmer, welcher auffällig nach ‚Van Nelle' roch und nicht nach ‚Schwarzem Krauser'. Tabak war teuer geworden und man musste sparen, wo man konnte. Schludder tat dies auf seine ganz eigene Art. Auch meine Mikrowelle mit Grillfunktion befand sich nach Schludders Uli Hoeneß-Gedächtnis-Nürnberger-Bratwurst-Grill-Massaker wie berichtet in meinem Zimmer. Benutzung durch Schludder verboten. Eines Tages, ich hatte mich gerade nach dem Duschen einigermaßen abgetrocknet, fiel mir ein, dass ich mein Duschgel noch in der Kabine gelassen hatte. Die Erfahrung hatte gezeigt, dass Schludder selbst vor Duschgel-Fremdnutzung nicht zurückschreckte. Auch meine Zahnbürste nahm ich sicherheitshalber mit auf mein Zimmer. Wer wusste schon? Ich drehte mich also auf halbem Weg aus dem Badezimmer eine Spur zu schnell um, um mein Duschgel aus der Kabine zu fischen. Der noch feuchte Fliesenboden gab mir die nötige Beschleunigung. Ein lautes Krachen und es wurde dunkel um mich herum. Als ich zu mir kam, lag ich auf dem Rücken. Unter mir ein komplett abgebrochenes Waschbecken. Ich musste wohl darauf gefallen sein. Über meiner Hüfte nichts als mein Badehandtuch und überall Wasser. Unter mir und auf mir. Zudem rieselte es von oben, weil auch die Armatur abgerissen war. Ich weiß nicht, wie lange ich dort gelegen hatte, aber offensichtlich erst kurz, denn jetzt öffnete sich die Tür. Schludder guckte zögerlich um die Ecke: „Ach so. Du bist das. Ich hab mich total erschreckt, weil es auf einmal so laut war." sprach er und schloss die Tür von außen! Danke Schludder, dachte ich mir. Hat man dich als Mitbewohner, braucht man keine Meerschweinchen mehr. Die sind ungefähr genauso nützlich, wenn Not am Mann ist. Ich bewegte vorsichtig meine Beine und dann die Arme... Glück gehabt, nichts gebrochen, dachte ich. Langsam richtete ich mich auf und betrachtete mich im Spiegel. Bis auf ein paar Kratzer und ein wenig Schmerzen im Hüftbereich war alles okay. Hätte anders ausgehen können. Ich drehte erst mal das Wasser ab. Dann zog ich mich an, verständigte den Verwalter und den Hausmeister und meldete den Schaden der Versicherung. Der Hausmeister räumte die Trümmer noch am gleichen Tag weg und installierte schon mal eine neue Armatur, damit wir den Haupthahn wieder aufdrehen konnten. Als ich später abends ins Bad ging, war mein Duschgel verschwunden.

Als ich längst alleine wohnte, hörte ich noch von einem der ehemaligen Mitbewohner, dass Schludder ganz außer sich und im Panikmodus war. Der Vermieter wollte alles renovieren! Nicht nur, dass Schludder dafür sein komplettes Zimmer ausräumen sollte. Man erzählte sich, dass Tapete und Teppich bei ihm mittlerweile eine Einheit mit fließendem Übergang bildeten. Ob es dann tatsächlich zur Renovierung bzw. Sanierung aus hygienischen Gründen kam, entzieht sich meiner Kenntnis. Später wohnte auf jeden Fall eine junge Studentin in Schludders Zimmer, die sich angeblich noch lange über einen merkwürdigen Gammelgeruch beschwerte. Schludder sah ich nie wieder.

Diese zweite und auch letzte WG in meinem Leben führte auf Umwegen jedoch auch zur größten Freundschaft, die bis heute anhält. Und das kam so: In der Uni hing am Schwarzen Brett eine Anzeige: Junger Mann als Hilfe für Regalservice gesucht – Belieferung von Baumärkten mit Holz! Die Adresse, bei der man sich melden sollte, war ca. 150 m Luftlinie einmal über die Ofener Straße von der WG in der Zeughausstraße entfernt. Ich rief unter der Telefonnummer an und es meldete sich eine tiefe und sanfte Männerstimme. Er stellte sich als Johannes vor und befragte mich ein wenig. Ich sollte am nächsten Morgen bei ihm klingeln und Arbeitsklamotten anziehen. Wir fuhren in Oldenburg und Bremen zwei Baumärkte an, wo die Aufgabe darin bestand, allerlei verschiedene Holzplatten für den Zuschnitt, also MDF, Birke, Kiefer, Tischlerplatten usw., vom LKW in die entsprechenden Fächer zu transportieren. Die wichtigsten Werkzeuge: Sicherheitsschuhe und Griffhilfen. Ein Mann vorne, einer hinten. Wir wurden nach Tonnen bezahlt, nicht nach Zeit. Einmal in der Woche war ich jetzt dabei. Johannes Job war sonst natürlich etwas vielfältiger. Holzleisten und Regalböden einsortieren erforderte aber keinen zweiten Mann. Wir verstanden uns von Anfang an prima und freundeten uns über die Arbeit langsam an. Jeden Mittwoch, wenn wir fertig und körperlich erledigt waren, machten wir bei ihm Spaghetti und verbrachten den Abend zusammen. Es stellte sich heraus, dass Johannes genau wie ich jetzt, früher einmal Förderschullehramt studiert hatte. Auch mit Sport als Hauptfach. Er war ziemlich genau 15 Jahre älter und hatte einen Tag vor mir Geburtstag. Wie schon gesagt, ich glaube nicht an Schicksal. Wir teilten auch einen ähnlichen Humor und hatten eine tolle Zeit. Überall, wo wir waren, machten wir Scherze und Sprüche. Die Mitarbeiter:innen der Baumärkte fanden das nicht alle lustig.

Nach einem besonders harten Tag hatte Johannes keine Lust zu kochen. Daher fuhr er bei McDrive vorbei. An der Sprechanlage eine zarte Frauenstimme: „Herzlich willkommen bei McDonald`s. Ihre Bestellung bitte?“ Johannes, der sich mal wieder einen Scherz erlauben wollte, sagte: „Zweimal Currywurst, gut abgehangen bitte!“ Auf einmal die Antwort einer tiefen Frauenstimme mit leichtem Berliner Dialekt: „Wie wäre es denn mit `nem warmen Erbsensüppchen, Jungs?“ So sprachlos hatte ich meinen Kollegen noch nie gesehen. Etwas verunsichert gab er seine Bestellung auf und wir fuhren zum zweiten Fenster. Eine streng guckende große Frau Anfang 50 fixierte ihn. Dann lächelte sie: „Ihr habt keine Ahnung, was wir hier den ganzen Tag zu hören bekommen. Hier, euer Essen. Lasst es euch schmecken und benehmt euch!“ Wir fuhren weiter. Nach einem Moment der Stille fingen wir laut an zu lachen und konnten nicht wieder aufhören.

Da Johannes genau wie ich gerade von seiner Freundin verlassen wurde, verbrachten wir in den folgenden Jahren viel Zeit miteinander. Im Winter 1999 veränderten sich bei mir zwei wesentliche Dinge. Ich lernte meine jetzige Frau kennen und bekam einen recht gut bezahlten Job bei dem Arbeitgeber, bei dem ich noch heute beschäftigt bin. Integrationshelfer in einer Förderschule. Besser konnte es gar nicht laufen, da ich jetzt genau die praktische Erfahrung sammeln konnte, die ich als Lehrkraft gut gebrauchen würde. Am Ende schrieb ich meine Examensarbeit über eine pädagogische Maßnahme, die ich selbst mit zwei Schülern an meiner Schule durchführte und schloss mein Studium mit einer Eins vorm Komma ab.

Der sterbende Schwan

Ich könnte noch viel von der Zeit während des Studiums erzählen, wie zum Beispiel, dass man im Sportstudium in verschiedenen praktischen Bereichen Prüfungen machen musste, um zu bestehen. Die Anforderungen im Bereich Ballsport waren für alle gut machbar. Für die zwei Prüfungen in den Individualsportarten wählten die meisten Schwimmen, was auch jede/r schaffte. Daneben gab es noch Leichtathletik, Geräteturnen, Trampolin, Turmspringen und Tanzen. Da Geräteturnen nur was für Cracks, Trampolin was für Bewegungstalente (Stichwort: Rückwärtssalto!) und Turmspringen was für total Wahnsinnige war, wählten die meisten Jungs Leichtathletik in dem Glauben, dass sei gut zu schaffen. Dem war definitiv nicht so. Einen Speer 25 m weit zu werfen, so dass zudem die Spitze im Boden stecken blieb, war schon für einige unmöglich. Andere konnten die 6,25 kg schwere Kugel nicht die geforderten 9 m weit stoßen. Ich z.B. hatte große Probleme mit dem 5 km-Lauf. Am Tag der Prüfung waren es über 30 Grad und ich war am Ende 30 Sekunden über der Zeit. Der Seminarleiter, ein ehemaliger Zehnkämpfer ließ uns fast alle gnadenlos durchfallen. Ein guter Kommilitone von mir war schon nach einigen Wochen ausgestiegen, als er beim Hürdenlauf die Sinnlosigkeit des Unterfangens einsah. Er war 1,72 Meter groß. Er konnte zwar über die Hürden springen. Für die Prüfungszeit musste man aber laufen. Das war bei dieser Körpergröße einfach rein physisch unmöglich. Der Leiter verabschiedete uns mit den Worten: „Wenn ihr nächstes Semester wieder mitmacht und schön übt, dann könnt ihr es schaffen!“ Die wenigsten glaubten das.

So fanden sich fast alle Ex-Fußballer, Ex-Handballer und Ex-Basketballer bei Gabi beim Tanzen wieder. Und damit meine ich nicht Standard, sondern Ausdruckstanz. Während es schon im Laufe des

Semesters eine gewisse Überwindung kostete, einigermaßen ernsthaft mitzumachen, während die grazile Gabi mit ihren schwarzen Ballerinas und im Luftzug flatternden Seidentüchern vortanzte, wurde zur Prüfung alles getoppt. Wir hatten in meiner Gruppe mit vier Jungs drei Wochen unter absoluter Geheimhaltung und Ausschluss der Öffentlichkeit die geforderte Kür eingeübt und waren uns sicher, die Sache halbwegs über die Bühne bringen zu können. Es waren ja schließlich nur Seminarteilnehmer:innen anwesend. Dachten wir zumindest. Offenbar war es unter den Sportstudent:innen in Oldenburg jedes Semester zur Tanzprüfung üblich, die Turnhalle voll zu besetzen. Und offenbar gab es jedes Semester einen immerwährenden Nachschub an Sportstudenten, die als Notlösung Tanzen gewählt hatten. Es wurde Tage vorher Werbung gemacht, überall stand der Termin im gesamten Sporttrakt auf Plakaten und am Tag unseres Auftritts liefen wir unter ohrenbetäubendem Gejohle des fast ausschließlich weiblichen Publikums, noch dazu bewaffnet mit Videokameras und Popcorn, in die Halle ein.

Wir konnten den Eindruck nicht gänzlich teilen, dass das Publikum unbedingt den Anspruch hatte, aus sportlichen oder gar wissenschaftlichen Gründen der Veranstaltung beizuwohnen. Wären wir mit Stroh oder wahlweise Stofftierchen beworfen worden, es hätte mich nicht gewundert. Wir brachten uns in Stellung, und Gabi forderte die völlig aufgebrachte Meute auf, still zu sein, was ungefähr den gleichen Erfolg hatte, wie auf Schalke an den Verzicht auf Bengalos zu erinnern. Die Musik ertönte. Es ging los. Wir waren als die fünf Elemente verkleidet und geschminkt, und ohne eine Miene zu verziehen gaben wir alles, wirbelten durch den Raum, schlugen Purzelbäume, vollbrachten die ein oder andere Hebefigur und fauchten das Publikum an. Ich hatte mir eigens zu dem Zweck ein paar lange spitze Fingernägel aufgeklebt, die während unserer wilden Performance aber durch die Gegend flogen und wie Trophäen vom völlig ekstatischen Publikum gierig aufgesammelt wurden.

Wir lieferten richtig ab und vergaßen uns völlig. Dann wurde es kurz dunkel und die Musik war beendet. Wir verharrten in der Bewegung in der vorher genau abgesprochenen Anordnung. Standing Ovations vom restlos begeisterten Publikum. Allein durch den anschließenden theoretischen Teil der Prüfung fiel meine Zensur auf eine Zwei plus ab.

Wir wurden zur Legende. Das Video gibt es noch heute. Gut versteckt. Wer braucht schon Leichtathletik?

Tüddelüt

Nach 13 Semestern Studium sind nur vier Sprüche bis heute fest verankert. Hier die Geschichten dazu:

1. „Lernen kann man nicht verhindern." (Der eben beschriebene ehemalige Zehnkämpfer auf die Anmerkung eines Kommilitonen, welcher den Weitsprung in der Schule aber ganz anders vermittelt bekommen habe und ihn ja schließlich ganz gut beherrsche)

2. „Schmerz steuert die Bewegung." (Bernd Volger, Bewegungslehre, auf eine fadenscheinige Entschuldigung eines Studenten, der viel zu spät war.)

3. „Ärgern kann man sich nur über sich selbst." (Prof. Horst Kern, sonderpädagogische Psychologie, zu einem Prüfling, der seinen Praktikumsbericht zu spät abgab und sich über die Frist beschwerte.)

4. „Tüddelüt!" (Prof. Bernhard Schmücker, Sportmedizin, auf einem Ski-Lehrgang, abends auf der Hütte, nach mehreren Obstlern und mit Zigarre im Mundwinkel, auf die Frage eines Studenten, was er von der Theorie des Muskelkaters durch Mikro-Risse in der Muskulatur halte statt durch Laktat verursacht).

Alles, was man zum Referendariat wissen muss

In Oldenburg wurde 2023 die Entlassungsfeier zum zweiten Staatsexamen von einer Mehrheit der Lehramtsanwärter:innen boykottiert. Zudem gab es offizielle Beschwerden: Willkür, Schikane, Machtmissbrauch etc. Die Abbruch- und Durchfallquote war ungewöhnlich hoch. Wie war das mit dem Mangel an Lehrkräften noch gleich? Auch wenn es bei mir persönlich lange her ist. Ich weiß noch, wie eine Seminarleiterin sich über ein Wort in einem meiner Unterrichtsentwürfe vor dem ganzen Seminar lustig machte. Das Wort hätte ich erfunden, das gebe es doch gar nicht. Einen Tag später legte ich ihr eine kopierte Seite aus dem Duden mit dem schönen deutschen Wort ‚überbordend' in ihr Fach. Wohl oder übel musste sie sich bei mir entschuldigen. Aber nun war der Kampf eröffnet, und sie ließ keine Situation mehr aus, meinen Unterricht, wo es nur möglich war, ausgiebig zu kritisieren. Eine weitere Situation ist noch präsent. Eine Seminarleiterin, die vorm Seminar immer sagte: „Wir sind hier für sie da. Deswegen können sie immer fragen, wenn sie etwas nicht verstehen und mich anrufen bei Problemen. Tag und Nacht!" war dann nicht so angetan von zu vielen Fragen. Ein einziges Mal rief ich sie an, als ich wirklich Hilfe benötigt hätte. Ihre Reaktion: „Ich hab keine Zeit, das müssen sie schon selbst herausfinden."

Ohne Übertreibung. Das Referendariat war mit die schlimmste Zeit meines Lebens. 18 Monate Psychoterror, wobei zwei Seminarleiter:innen es noch gut meinten. Ich lernte viel. Weniger über Unterricht, mehr über Macht und Menschen. Am Ende kurz nach meiner Prüfung zeigte ich den Anwesenden den verbalen Mittelfinger und verließ den Raum mit den Worten: „Das war`s für mich. Hier sehe ich keine berufliche Zukunft." Noch nie war ich so aufgewühlt und gleichzeitig so zufrieden und erleichtert. Eine Seminarleiterin lief mir noch bis auf den Parkplatz nach und versuchte mir zu erklären, dass man mich womöglich mit

Absicht habe durchfallen lassen, damit ich im zweiten Anlauf meine Zensur verbessern könne. Das fand ich noch lächerlicher als den kompletten Prüfungstag, an dem man mir zweimal ein ‚Mangelhaft' aufgrund von Kleinigkeiten gab, obgleich beide betreuenden Lehrer der Schule meine Unterrichtsstunden mit ‚Gut' bzw. ‚Befriedigend' bewerteten. Der Sportlehrer lobte mich sehr. Er habe selten Förderschüler so engagiert ein Ausdauertraining absolvieren sehen. Der Kritikpunkt der Seminarleitung: Nicht jede/r Schüler:in habe einen eigenen Pulsmesser von mir zur Verfügung gestellt bekommen. Dies führte zur Bewertung ‚Mangelhaft' und war übrigens auch der Grund für den erwähnten Anruf bei der Seminarleiterin, die ich vor der Prüfung fragte, ob sie wisse, wo man sich Pulsmessgeräte ausleihen könne. Die gab es damals nicht an jeder Ecke. Die Antwort ist - siehe oben - bekannt So teilte ich die Schüler:innen in Dreier-Gruppen ein, deren Puls unter Beanspruchung in etwa gleich war und ließ sie in diesen Gruppen einen Parcours laufen. Was ausgezeichnet funktionierte und den Schüler:innen wegen der Gruppen auch mehr Spaß machte, als allein zu laufen. Ich hatte immerhin vier Pulsmessgeräte mit Brustgurt auftreiben können. Wahrscheinlich mehr als bisher jeder andere Sportlehrer. Aber nicht genug, um Sportlehrer werden zu können.

Einen Tag später hatte ich eine unbefristete Stelle bei meinem alten Arbeitgeber, eine Woche später ließ ich es mir nicht nehmen, meinen Widerruf beim Seminarort persönlich einzureichen. Jahre später erhielten wir an meiner Schule die staatliche Anerkennung unter anderem, weil ein Unterrichtsbesuch bei mir durch die Landesschulbehörde sehr gut bewertet wurde. Weitere Jahre später bekamen wir immer mehr Bewerbungen von Förderschullehrer:innen, die jetzt im Rahmen der Inklusion zwischen mehreren Schulen hin und herfahren sollten und keine Lust auf ein stundenweises Hilfsangebot für Schüler:innen hatten, die viel mehr Unterstützung brauchten. Ich kann nicht viele Tipps an junge Lehrkräfte geben, denn ihr macht das oft sogar besser und seid sehr engagiert. Das sehe ich jedes Jahr, wenn ich Praktikanten von der Uni betreue. Und das ist die Hauptsache! Nicht, ob da im Unterrichtsentwurf ein Komma falsch gesetzt wurde oder weil man es an der einen oder anderen Stelle besser hätte machen können. Die Kids haben nichts davon, wenn ihr das Referendariat mit einer Eins abschließt und dann nach ein paar Jahren feststellt, dass euch Unterrichten gar keinen Spaß macht. Perfekt zu sein ist das falsche Ziel. Geht mit den Menschen, die euch voranbringen. Die anderen, die euch aufgrund ihrer eigenen Eitelkeit und Selbstverliebtheit niedermachen und im Zweifelsfall nicht helfen, dürft ihr vergessen. Die sind an euch und euren Zielen nicht interessiert. Das gilt übrigens nicht nur für das Referendariat.

Und mehr habe ich zu diesem Thema auch nicht zu sagen.

„Es gibt keine großen Entdeckungen und Fortschritte,
solange es noch ein unglückliches Kind auf Erden gibt.“

Albert Einstein (1879 – 1955)

Teil 2

Endlich Lehrkraft. Unendlich lernen.

Eine Bestandsaufnahme.

Zufriedene Schüler:innen sind wichtig! Sie fühlen sich wohler, erzielen bessere Leistungen, haben mehr Peer-Kontakte, berichten über größere schulische Unterstützung durch Mitschüler:innen und besonders durch Lehrkräfte, nehmen eine hohe Kompetenz der Lehrkräfte wahr, zeigen weniger klinisch relevante Symptome wie psychische Beschwerden und neigen zu weniger Regel-verletzendem Verhalten und Risikobereitschaft. Warum sollte es bei ihnen anders sein als bei uns Erwachsenen? Wenn wir unzufrieden sind, einen blöden Chef haben oder Kolleg:innen, die uns nicht mit dem Arsch angucken, gehen wir wahrscheinlich auch nicht freudestrahlend zur Arbeit mit dem Vorsatz, heute mal so richtig abzuliefern. In Deutschland nimmt mit zunehmendem Alter die Schulzufriedenheit rapide ab bis etwa zur 10. Klasse. Dann bleibt sie auf einem etwa gleich niedrigen Niveau. Die Schule jedoch nimmt für die allgemeine Lebenszufriedenheit einen zentralen Platz ein, da Kinder und Jugendliche einen großen Teil ihres Lebens darin verbringen. Wichtige Faktoren dabei sind vor allem die Schüler-Lehrer-Interaktion, die Unterrichtsqualität und die Unterstützung beim Lernen. Hier gibt es die deutlichsten Zusammenhänge.

Praktisch alles, was ich in den letzten 25 Jahren zum Thema gelesen und an praktischer Erfahrung sowie im Austausch mit hunderten Kolleg:innen auch auf zahlreichen Fortbildungen gesammelt habe, lässt sich grob auf einen Satz herunterbrechen:

„Der schulische Erfolg steht und fällt mit dem Engagement der Lehrkraft.“ So ist es möglich, dass euer Kind auf einer hervorragenden Schule ist, aber einfach ein wenig Pech hat, weil der Klassenlehrer das einzige Arschloch dort ist. Andersrum wäre es dann besser. In der wohl größten und längsten Studie zu Gewalt unter Jugendlichen spielt noch ein anderer Faktor eine signifikante Rolle. Je höher die Schulform, desto weniger spielt das Engagement eine Rolle. Ein Gymnasiast der Oberstufe kommt auch mit gelegentlichen Rückschlägen klar. Ein Hauptschüler weniger. Eine wichtige Erkenntnis auch in der Debatte um Gewalt, Kultur und Migrationshintergrund. Ein junger Türke aus Wiesbaden schneidet hier z.B. statistisch insgesamt besser ab als ein gleichaltriger deutscher Schüler aus Elmshorn. Die Hauptschule ist der große Gleichmacher. Bei Jugendlichen, die Gewalterfahrungen machen, spielt es praktisch keine Rolle mehr, ob sie aus einem deutschen Elternhaus oder einem ausländischen kommen. Schultyp und Bildungschancen und der Zusammenhang mit Gewalt sind deutlich. Dazu kommen die Faktoren Gewalterfahrungen in der Familie und Armut zum Beispiel durch Arbeitslosigkeit. Auch hier lassen sich im Prinzip alle Erkenntnisse auf einen Satz reduzieren: Willst du, dass Kinder später aufrecht gehende und glückliche Erwachsene werden, sorge für eine gewaltlose Erziehung, Bildung, Teilhabe und ein finanzielles Auskommen. Die niedrigsten Kriminalitätsraten findet man bei Jugendlichen, die Musik machen, einem Sportverein angehören oder in einer Theatergruppe mitwirken. Ein Aufwachsen irgendwo in einer Plattenbausiedlung in Mecklenburg-Vorpommern verschafft einem möglicherweise schlechtere Ausgangsbedingungen. Erst recht, wenn dich dort viele Menschen ausgrenzen und der Zugang zu materiellen Dingen eher mittels krimineller Handlungen möglich scheint. Die gewaltlose Erziehung spielt in der Schule bei der Schüler-Lehrer-Interaktion eine ebenso wichtige Rolle. Das Recht der Lehrkräfte, Schüler:innen körperlich zu bestrafen, ist nicht abgeschafft worden, weil der Gesetzgeber irgendwann dachte: Ist irgendwie überholt, sondern wurde erst durch den Braunschweiger Joachimfritz Staeter durchgesetzt. Der mutige Richter konnte durch alle Instanzen seine Rechtsauffassung ab 1962 durchsetzen. Bis das beim Kultusministerium ankam, waren über 20 Jahre vergangen! Noch 1984 sprach der Bundesgerichtshof einen Vater frei, der angezeigt worden war, weil er seine achtjährige Tochter mit einem Gartenschlauch derart auf das Gesäß geschlagen hatte, dass Striemen sichtbar waren. Er hatte sich über seine Tochter geärgert. Der Gerichtshof war der Meinung, dass diese Form der Züchtigung noch zum Elternrecht gehöre. Noch im Jahr 2000 gaben in einer großangelegten anonymen Befragung 17%

der Schüler:innen an, dass ihre Eltern sie mit Gegenständen geschlagen hätten. Nur 10% von dieser Gruppe vertrauten sich ihren Lehrkräften an, nur 3,5% gingen zur Polizei. Das meiste in diesem Land beim Thema Gewalt gegen Kinder bleibt im Dunkeln. Wir tun viel für den Tierschutz, leider wenig für den Kinderschutz. Während bei deutschen Vätern häufig Alkohol im Spiel ist bei der Gewalt gegen die eigenen Kinder, ist es bei türkischen Vätern zum Beispiel häufig der Kulturkonflikt, weil sich die Familienmitglieder aus den alten Rollenvorstellungen lösen wollen. In der Mittelschicht Istanbuls zum Beispiel liegt der Wert für die Gewalt gegen Frauen durch ihre Männer etwa auf der Höhe, die auch deutsche Frauen angeben. So oder so. Vor dem Hintergrund, dass gewaltlose Erziehung hier immer noch eine relativ neue und nicht immer vorhandene Errungenschaft ist, wirkt es etwas deplatziert, wenn sich Friedrich Merz als Moralinstanz aufspielt und von kleinen ‚Paschas' spricht, anstatt vor der eigenen Hütte zu kehren. Zum Beispiel als es um die eigene Ansicht zur Gesetzgebung bei der Vergewaltigung in der Ehe ging. Deutsche Frauenhäuser können sich nicht über mangelnde Arbeit beklagen und einige der größten und schlimmsten Kinder-Porno-Ringe, die weltweit aufgedeckt werden konnten, haben deutsche Drahtzieher. So viel dazu.

Was heißt das für Schulen? Körperliche Gewalt ist mittlerweile ein Tabu, wird aber nicht selten durch psychische Gewalt ersetzt. Eine Schule, in der Mobbing nicht nachgegangen wird, in der Lehrkräfte überfordert, vielleicht selbst Teil des Problems sind, wird wenig überraschend nicht positiv wahrgenommen. Hier ist die Schulzufriedenheit am geringsten. Wenn dann noch eine niedrig wahrgenommene Lehrkräftekompetenz und wenig Unterstützung beim Lernen hinzukommen, sind zahlreiche Probleme und Konflikte vorprogrammiert. Tatsächlich ist dies oft auf Schulen der Fall, die sowieso schon in sozialen Brennpunkten liegen und die größten Probleme haben, geeignetes Personal zu finden. Die Ideen, die in letzter Zeit von der Kultusministerkonferenz in den Raum geschmissen werden, um einem Lehrkräftemangel vorzubeugen, sind eine Katastrophe. Es muss darum gehen, den Beruf attraktiver zu machen. Wer Klassen größer macht und die individuelle Unterrichtsversorgung schlechter, der erreicht sehr zielgerichtet das Gegenteil. Da spielt das Gehalt dann auch keine Rolle mehr. Man muss kein Hellseher sein, um zu begreifen, dass es bei dieser Entscheidungsfindung nicht mehr allein um die Zukunft der Schule geht. Es geht um die Zukunft des Bildungssystems, die Zukunft unserer Kinder, die Zukunft unseres Landes und wie wir leben wollen. Wer in Bildung zu wenig investiert, wird nicht nur wirtschaftlich den Anschluss verlieren, sondern auch auf gesellschaftlich-sozialer Ebene von einem Bumerang hart am Hinterkopf getroffen werden. Jedes Kind, dass wir heute durch einen Mangel an Förderung und Prävention zum Verlierer machen, ist morgen ein potenzieller Wähler radikaler Populisten. Das ist noch nicht mal eine Vorhersage, sondern passiert seit etwa drei Jahrzehnten. Nur jetzt fallen die Früchte vom Baum. Gerechtigkeit und Fairness zahlen sich aus. Ungerechtigkeit erzeugt Kriminalität. So die Überschrift eines Kapitels im Buch ‚Gegen die Gewalt' von einem der führenden Kriminologen Christian Pfeiffer.

Während sich Politiker:innen der sogenannten ‚Mitte' öffentlichkeitswirksam am Kopf kratzen, die Verantwortung von sich weisen und weiter gefühlt alles streichen und kürzen, was mit Kindern und Jugendarbeit zu tun hat, treffen sich regelmäßig 16 Kultusminister:innen mit 16 unterschiedlichen Dogmen und verschwenden ihre Zeit mit Nebensächlichkeiten, anstatt die große Reform mutig anzugehen. Andere Länder machen es schon lange vor. Wir sind längst abgehängt. Alle wissen es, keiner traut sich, es zu sagen. Unser Schulsystem muss einmal auf den Kopf gestellt und völlig neu gedacht werden. Allein der Mut, die Einsicht und die Ehrlichkeit fehlen. Am Ende muss man festhalten: Einige Schulen und Lehrkräfte sind in dem, was sie leisten nicht hervorragend wegen der Bedingungen, sondern trotzdem.

Darunter sind auch einige private Träger im Bereich der Förderschulen, ohne die das Land gar nicht wüsste, wohin mit den Unbeschulbaren und Vergessenen. Kinder und Jugendliche, deren Eltern häufig bereits auf Förderschulen waren und den Anschluss an die Gesellschaft verloren haben. Und genau da arbeite ich.

Prioritäten

Er war seit ca. eineinhalb Jahren bei uns. Er war vorher kaum in der Schule. Er hatte kaum soziale Kompetenzen. Er konnte sich keine drei Schulregeln merken. Er war es gewohnt, sich ausschließlich mit Körperlichkeit durchzusetzen. Er wird keinen Abschluss schaffen. Mit der Sprache klappt es immer noch nicht. Er wird 17. Auch, wenn er noch ein Jahr machen würde, wäre die Prognose schlecht. Als er zu mir kam, wollte er ausboxen, wer der Chef ist. Am Ende reichte eine Runde Armdrücken. Er hat seitdem viel dazu gelernt. Sozial. Nicht so viel im Unterricht. Er ist ein echt netter Kerl geworden, vor allem nach der Klassenfahrt, wo er merkte, dass nicht alle Lehrkräfte keine zweite Chance geben. Ich muss ihn nur noch selten sanft aus Konfliktsituationen raus begleiten. Und wenn, dann beruhigt er sich jetzt schnell und haut nicht alles kurz und klein. Er machte ein tolles Praktikum. Er wird Arbeit finden. Denn er packt gerne an und hat handwerkliches Talent. Also wirklich Talent. Und heute habe ich doch einen Kloß im Hals, wo ich ihn so oft an die Wand hätte klatschen können. Er telefonierte in einer Ecke des Schulhofs mit seinem Handy, was bei uns absolut nicht erlaubt ist. Die anderen Kollegen zeigten mir schon an ‚guck mal, dein Schüler'. Ich ging auf ihn zu und wollte in meinem Kommando-Ton sagen: Handy weg! Aber ich sah, dass er total geknickt war. Er erzählte, sein Papa hätte ihn gerade angerufen. Ein großer Kerl, der auf dem Bau malocht. Keine Erziehungskompetenz wie man sich das als deutscher Mittelschichtler wünscht, aber immer erreichbar, immer offen und herzlich und für seinen Sohn da. Und andersrum auch knallhart, wenn er Scheiße baut. Kann ich mit arbeiten. Und der ruft ihn an und sagt, der Opa in Rumänien liegt im Sterben, sie würden sich gleich auf den Weg machen. Er müsse dableiben und sich um die vier jüngeren Geschwister kümmern. Wir reden über die Situation, ich versuche etwas zu trösten. Er erzählt mir von seinem Opa und wie sehr er an ihm hängt. In seinen einfachen Worten, seinem begrenzten Wortschatz. Der Unterricht geht weiter. AGs. Es ist Schulschluss. Er sitzt auf der Tischtennisplatte und wartet allein auf sein Taxi. Ich setze mich neben ihn und lege meinen

Arm um seine Schultern. Er legt mir seinen Arm um die Hüfte. Dieser 17-Jährige mit dem Gemüt eines acht Jahre alten Jungen und der Kraft eines Mannes. Später denke ich, wie schön es wäre, wenn er noch ein paar Jahre bei uns hätte. Aber der nächste Jahrgang ist komplett voll. Er sagt: „Ich weiß nicht, ob ich morgen komme.“ Ich sag: „Ist okay.“ Er: „Soll mein Vater noch Entschuldigung machen.“ Ich: „Nee, ist auch okay.“ Er guckt überrascht. Ich sag: „Scheiß drauf. Gibt Wichtigeres.“

Training

Wir hatten fünf gewaltbereite Schüler ausgewählt, die sich - natürlich freiwillig - der Aufgabe stellen wollten. Sie wussten weder, was passieren würde, noch konnten sie sich vorbereiten. Schüler 1, sechste Klasse, kam in den Raum, in dem die Schüler der achten und neunten Klasse standen. Alle Tische und Stühle waren entfernt worden. Die scheinbar einfache Aufgabe: Gehe durch den Raum bis zur hinteren Wand. Schüler 1 ging drauf los. Die anderen vorher instruierten Schüler versperrten ihm jedoch den Weg. Sie stellten sich einfach vor ihn. Schüler 1 versuchte nun die größeren und stärkeren Schüler wegzuschieben. Sinnlos. Er versuchte auch, durch Lücken zu rennen. Vergeblich. Die anderen waren mehr, sie waren stärker, schneller, mächtiger. Schließlich gab Schüler 1 völlig entnervt auf. Er durfte jetzt mit uns beobachten, wie sich die anderen Kandidaten schlagen würden. Ergebnis: Keiner schaffte es. Die Taktiken glichen sich. Wegschieben, wegstoßen, wegziehen. Einer nahm sogar Anlauf im Stile eines Rugby-Spielers. Er fiel dabei selbst fast hin, wurde jedoch von den beweglichen Hindernissen festgehalten und an seinen Ausgangspunkt zurück transportiert. Dann kam die Reflexion. Wie hast du dich gefühlt? Warum konntest du die Aufgabe nicht lösen?

Ergebnis: Alle fühlten sich nicht gut, eher elend. Ein Machtverlust. Alle waren gegen einen. Aber auch war die Opferperspektive präsent. Es bewegte sich was in den Köpfen. Bis einer sagte: „Man kann die

Aufgabe gar nicht lösen. Das ist unmöglich und außerdem unfair. Wenn es eins gegen eins wäre, würde ich jeden fertig machen!" „Ist das so?" antwortete der Coolness-Trainer und Kollege. Dann wurde ein weiterer (vorher instruierter) Schüler rein gerufen, der als nicht gewaltbereit, sondern eher als ruhig und vernünftig bekannt war und dieselbe Aufgabe bekam. Er fing an zu gehen. Der erste Schüler stellte sich ihm bedrohlich in den Weg. Der ruhige Vertreter sagte sehr höflich: „Könntest du mich bitte vorbeilassen? Das wäre toll." Der andere machte den Weg frei. Es dauerte etwas, bis er die Rückwand erreichte, denn er musste immer wieder fragen. Aber er blieb ganz locker dabei. „Was habt ihr beobachtet?" fragten wir Kandidaten 1 bis 5. Die Reaktion kam schnell, aber es ist fast immer so. „Das ist total unfair, ihr habt uns nicht gesagt, dass wir reden dürfen. So kann das ja jeder!" „Wir haben das euch nicht verboten, diese Entscheidung habt ihr getroffen. Ganz im Gegenteil. Ihr habt nicht mal darüber nachgedacht, oder?" Es rappelte wieder in den Köpfen...

Im Coolness-Training herrschen Respekt, Disziplin und Aufmerksamkeit. Es ist speziell für Schüler mit dem Förderbedarf emotionale und soziale Entwicklung konzipiert. Dieses Beispiel ist schon vor etwa 12 Jahren von uns so durchgeführt worden. Nicht jeden Schüler bekommt man mit jeder Übung, aber keiner kommt so raus, wie er reingegangen ist. Durch zumeist körperlich ausgerichtete Aufgaben, findet ein Perspektivwechsel statt. Schüler, die zumeist andere drangsalieren, ärgern oder über sie Macht ausüben, gelangen immer mehr in die Rolle des Opfers. Allerdings ohne irgendeinen Schmerz zu erleiden. Tatsächlich findet ein spielerischer Machtverlust statt. Leider beobachten wir eine immer größer werdende Verschiebung in der Schülerschaft. Weg vom offen aggressiven, externalisierenden Schüler hin zum traumatisierten, stillen, internalisierenden Schüler, der jedoch jederzeit explodieren kann und unberechenbar ist. Für solche Schüler ist das Coolness-Training nicht geeignet. Das heißt aber auch, dass die Bandbreite der Verhaltensstörungen groß ist, die Herausforderungen immens sind und das Kollegium multiprofessionell geworden ist. Gleichzeitig werden Förderschulen abgeschafft. Außer den privaten Trägern bleibt nicht mehr viel. Und wir platzen aus allen Nähten, bauen Jahr für Jahr an. Was heißt das im Klartext? Das Inklusionsmodell mag bei einem Teil der Schülerschaft funktionieren. Hier einer mit Lernproblemen, da einer mit Down-Syndrom, der vielleicht durch seine liebe Art nett aufgenommen wird... Für die Systemsprenger, und es werden mehr, hat die inkludierende Schule selten eine Antwort. Stattdessen wird uns das auf die Füße fallen. Denn jeder Schüler, der durchs Raster fällt, ist einer, der im Zweifelsfall den Steuerzahler langfristig sehr viel mehr kostet als es eine gute präventive Förderung tut.

Es ist nie zu spät

Du bist dumm? Da kann man was machen! Du bist dumm und Rassist? Da kann man was machen! Du bist dumm, Rassist und gewalttätig? Hey, auch da kann man was machen!

Es wird nur immer schwieriger, weil die Zahl der Mitmenschen, die dir helfen wollen, immer überschaubarer wird. ABER: Es ist nie zu spät. Das zeigen Fälle wie die von Manuel Bauer, der aus der Neonazi-Szene ausstieg und den meine Schüler und ich bereits zweimal zu Gast hatten. Jeweils unter Polizeischutz, denn Freunde hat er nur noch wenige. Das Einzige, was er nicht gemacht hat, ist Mord. Er erzählte den Schülern, wie er einer hochschwangeren Türkin in den Bauch trat, als sie schon am Boden lag, Molotow-Cocktails auf ein Asylantenheim warf oder ein indisches Kind wie einen Fußball wegkickte. Er war kein Mitläufer, sondern Anführer. Er erzählte sehr glaubhaft, wie er älter wurde und immer mehr Zweifel kamen. Zweifel an den Lügen, die man ihm seit seiner Kindheit erzählte. Über Ausländer, Asylanten und eine deutsche Rasse. Im Gefängnis verteidigten ihn schließlich Ausländer vor anderen Rechten. Jetzt ist er seit langem bei Exit Deutschland, einem Programm für Aussteiger und versucht durch das Vortragen seiner Erlebnisse prophylaktisch auf Jugendliche einzuwirken. Er nimmt kein Blatt vor den Mund, was unseren Jungs erst mal gefällt. Aber nach einer Phase der

Witze und Sprüche bleibt ihnen die Spucke weg. Wir waren tief beeindruckt und betroffen. Der rechten Szene gefallen solche Aussteiger nicht, zeigen sie doch, wie unbarmherzig, knallhart und mitleidlos der Umgang dort ist, wenn du andere Haltungen vertrittst. Und mit welchen Tricks bereits Jugendliche geködert werden. Auch wenn Manuel viel Schaden angerichtet hat, hat er jetzt den Rest seines Lebens Zeit, Gutes zu tun.

Alltag

Förderschullehrer für Kinder und Jugendliche mit dem Bedarf emotionale und soziale Entwicklung bedeutet: Ca. 80% Unterricht mit Planung, Vorbereitung, Durchführung. Routine nach einigen Jahren. Ca. 20% keine Routine, auch nach 20 Jahren nicht. Zum Beispiel alle Schüler:innen aus dem Bistro ordern, weil ein 12-Jähriger ein Messer zieht, droht, andere abzustechen, ihn eine Viertelstunde überreden, das Messer fallen zu lassen, um ihn dann solange in den Arm zu nehmen bis er heult, weil seine Eltern ihn in eine Wohngruppe gegeben haben.

Oder einen 15-Jährigen, der total ausgerastet ist, weil ein anderer ihn provoziert hat, mit einem weiteren Kollegen auf dem Boden festzuhalten, ihm eine Hand unter den Kopf zu legen, damit er seinen eigenen Kopf nicht auf den Boden schlägt und auf den Krankenwagen mit Polizei zu warten, der ihn in die Kinder- und Jugendpsychiatrie bringt. Oder mitten im Unterricht die Polizei empfangen, die einem Schüler vor der Klasse Handschellen anlegt, weil er in Kaufhäuser eingestiegen ist und die nächsten zwei Jahre nun in Hameln einsitzen muss.

Oder einen Ex-Schüler nach Jahren in der City wiederzutreffen um festzustellen, dass dieser obdachlos und auf Droge ist, obwohl er damals der Klassenbeste und die Prognose super war. Zudem ein Lieblingsschüler, wo du extrem viel Zeit und Arbeit investiert hast.

Oder einen Vater aus der Schule anzurufen, um ihm mitzuteilen, dass seine 15-jährige Tochter nicht nach Hause kommen wird, weil sie dir (vor Sprachlosigkeit) aufgeschrieben hat, was er mit ihr gemacht hat. Und du nun das Jugendamt informierst, sie mit einer Kollegin in die nächste Stadt fährst, wo eine Stelle in der Inobhutnahme frei ist. Dieser Arbeitstag dauert von 8 bis 20 Uhr. Und schlafen kannst du danach nicht mehr richtig.

Es gibt auch viele schöne Momente und Geschichten, aber noch schöner wäre die Vorstellung, Kinder und Jugendliche aus prekären Verhältnissen hätten eine Lobby. Von dieser Vorstellung habe ich mich lange verabschiedet. Wenn bei uns einer krank ist, hat das direkte Auswirkungen. Es wird nicht einfach nur Unterricht verpasst. Eine wichtige Bezugsperson fehlt. Der Tag oder die Woche läuft völlig anders. Das Kind ist ein wenig neben der Spur. Eine Ponyhof-Familie fängt das auf, keine Frage. Kids bei uns fangen sich eventuell eine Ohrfeige zu viel vom Papa oder der Mama. Wie ein Fünftklässler, der auf einmal vermisst wurde. Zum Glück abends wieder auftauchte und nun, nachdem wir über ein Jahr alles dokumentierten, was innerhalb Familie passierte, endlich einen Platz in einer Wohngruppe bekam.

Überall fehlendes Personal, zu wenige Plätze, zu wenig Prävention. Die meisten schaffen es. Irgendwie. Finden eine Ausbildung, beenden die Berufsschule, finden teils Arbeit oder zumindest ein Hobby. Ein Teil schafft es nicht. Wird straffällig. Geht ins Gefängnis. Dort kostet ein Tag ein Vielfaches von einem Platz in einer Förderschule oder in einer Wohngruppe. Die Rechnung geht nicht auf. Aber wie einst ein Virologe sagte: „There`s no glory in prevention." An manchen Tagen denke ich „There`s no glory at all."

Max

Das letzte Mal habe ich ihn vor ein paar Jahren auf dem Jahrmarkt gesehen. Er war mit ein paar Leuten unterwegs und so zugedröhnt, dass er mich nicht erkannt hat, geschweige denn geradeaus gucken konnte. Da muss er ca. 17 Jahre alt gewesen sein. Was war mit Max passiert?

Max kam vom Gymnasium zu uns. Eine Seltenheit. Zudem war seine Mutter sehr interessiert, absolut zuverlässig und selbst Lehrerin auf einem Gymnasium. Sein Vater, ein Geschäftsmann, hatte beide verlassen, da war Max acht Jahre alt. Seitdem kümmerte er sich nur noch sporadisch um seinen Sohn, der in der Schule oft sagte, er würde seinen Vater hassen. So erzählte er mir einmal von einem Handballspiel, in dem er klasse gespielt hatte. Sein Vater hatte ihm versprochen, auf jeden Fall zuzugucken. Er kam nicht nur eine halbe Stunde zu spät, sondern verließ die Halle mit seinem Smartphone am Ohr kurz vorm Abpfiff. Max hatte gerade das entscheidende Tor geworfen. Da war er etwa 12 Jahre alt. Von solchen Erlebnissen hatte er haufenweise zu erzählen. Seine Mutter hasste er dafür, dass sie es nicht geschafft hatte, den Vater zu halten. Auch, dass Max von der Mutter mit allem versorgt wurde, was die meisten unserer Schüler nicht haben, änderte nichts daran. Markenklamotten, teure Sneaker, das neueste iPhone und immer die besten Spiele für die PlayStation. An Geld mangelte es nicht. Dieses konnte das Loch in Max Seele jedoch nicht füllen. Er war nicht einmal ein Schuljahr bei uns. Entweder er verweigerte den Unterricht oder störte dermaßen extrem durch oppositionelles Verhalten, dass er teils einzeln betreut werden musste. Auch eine Klassenfahrt brachte keinen Erfolg. Er cremte sich wiederholt nicht mit Sonnenmilch ein und wollte auch nicht in den Schatten. Zuletzt hatte er rote, aufgesprungene Haut im Gesicht. Es war ihm völlig egal. Wir konnten der Mutter nur mitteilen, dass jeder Versuch, mit ihm vernünftig zu reden, scheiterte. Da war er 15 Jahre alt. Die Situation eskalierte ein paar Wochen später, als Max während eines Konfliktes auf den Schulleiter mit einer Schere losging. Zu zweit mussten wir ihn am Boden festhalten, bis Polizei und

Krankenwagen kamen. Die Johanniter wollten nicht ohne Unterstützung fahren. Ich weiß noch, wie ein Polizist sagte: „Wenn dich deine Lehrer jetzt loslassen, hast du zwei Möglichkeiten. Du kommst freiwillig mit ohne Gegenwehr oder wir tragen dich raus. Siehst du den Schlagstock hier? Wir sind nicht wie deine Lehrer. Wenn du uns angreifst, gibt es sofort was auf die Birne.“ Jeder andere Schüler wäre spätestens hier ein wenig beeindruckt gewesen. Doch Max sagte: „Tragen sie mich doch raus, machen sie doch.“ Darauf mühten sich die zwei Polizisten sichtlich ab, Max zum Krankenwagen zu schleppen, der sich wie ein nasser Sack schwer machte und die ganze Zeit laut lachte. Der Transport ging zur KJP (Kinder- und Jugendpsychiatrie) und Max kehrte nie mehr zurück. Später, zu einer klärenden Klassenkonferenz konnte ihn die Mutter nicht ins Auto bekommen. Max besuchte mehr oder weniger eine andere Schule, die ihn inklusiv beschulen wollte. Meist war er suspendiert.

Fälle wie Max werden in den letzten Jahren immer häufiger. Kinder, denen es zwar finanziell an nichts mangelt, die aber ohne wichtige Bezugsperson aufwachsen bzw. von dieser in einer entscheidenden Lebensphase immer wieder enttäuscht werden. Die Eltern versuchen dann oft, mit materiellen Dingen das Kind zufrieden zu stellen bei gleichzeitiger Vernachlässigung von klaren Regeln und Strukturen. Auf Dauer funktioniert das nicht. Liebe, gemeinsame Zeit und aufrichtiges Interesse sind durch nichts zu ersetzen. Irgendwann ist der Zug abgefahren und der Schaden oft nicht mehr zu beheben. Dann scheitert jede Form der Beziehungsarbeit. Die Fähigkeit, Beziehungen aufzubauen, ist tief gestört. Meist ein Leben lang. Dies ist auch eine Form der Kinderarmut. Nur dass diese bei Weitem nicht so leicht korrigiert werden kann, wie die finanzielle Form der Armut durch eine Kindergrundsicherung. Diese würde rund Fünf Mrd. Euro kosten. Zum Vergleich: Allein das Raketen-Abwehrsystem Arrows 3, das wir aus Israel kaufen, soll zwischen drei und vier Mrd. Euro kosten. Nach einer OECD-Studie beziffern sich die Folgekosten der Kinderarmut für die Wirtschaftsleistung auf ca. 100 Mrd. Euro pro Jahr, da die betroffenen Kinder häufiger krank und mehr von staatlichen Leistungen abhängig sind. Es sind Kinder und Jugendliche, die genauso von ihren Eltern geliebt werden, wie alle anderen auch. Das Argument, Transferleistungen kämen bei diesen Kindern nicht an, unterstellt, dass arme Eltern schlechter seien als welche mit Geld. Das ist, wie gezeigt, nicht der Fall. Ich würde eher unterstellen, dass nahezu alle Eltern, entsprechend ihren Ressourcen und Fähigkeiten das Beste für ihr Kind wollen. Genau wie Max Mutter auch.

Nur, dass hier eben das fehlt, was bei Max kein Thema war. Oft müssen wir Material ausleihen oder einem Kind eine Regenjacke überziehen. Es mangelt teilweise an den einfachsten Dingen. Oft bittet mich eine Mutter darum, einen Betrag am Monatsanfang zu zahlen oder eine Klassenfahrt, die wir schon subventionieren, in Raten begleichen zu können. Diese Eltern bekommen kein Bürgergeld. Meist arbeiten sie einfach in sehr schlecht bezahlten Jobs.

Es ist eine Schande, dass in diesem reichen Land Bildungschancen und finanzielle Möglichkeiten so stark voneinander abhängig sind. Was wir uns tatsächlich nicht leisten können, sind Kinder, in die man nichts investiert.

Daheim

Ein Kollege erzählt, wie er einmal zwei sehr auffällige und herausfordernde Grundschüler unserer Förderschule nach Absprache mit nach Hause genommen hat, weil die alleinerziehende Mutter (der Mann hatte die Familie schon früh verlassen) einen Notfall hatte und nicht wusste, was sie tun sollte. Daheim angekommen spielten beide mit der Tochter den ganzen Nachmittag mit Lego, abends gab es ein Abendessen am Tisch mit allen Familienmitgliedern ganz klassisch mit Brot, Käse, Aufschnitt und einem Salat. Kein einziger Streit, keine Schwierigkeiten. Als er beide nach Hause fahren musste, wollten sie nicht weg und haben geweint.

Da stehen wir mit drei hartgesottenen und erfahrenen Pädagogen so da und haben allesamt einen dicken Kloß im Hals. Gerade, weil wir wussten, dass es nichts damit zu tun hatte, dass die Mutter alleinerziehend war.

Emilia

Als Emilia zu uns in die Förderschule kam, war sie schon 15 Jahre alt. Auf der abgebenden Schule ging nichts mehr. Ablehnende Haltung gegenüber Mitschüler:innen und Lehrkräften und im Unterricht teils komplette Verweigerung. Zudem zahlreiche Fehltage. Mögliche Gespräche wurden nicht wahrgenommen bzw. nicht angenommen. Wohnhaft beim alleinerziehenden Vater. Beim ersten Besuch - außerhalb der Schulzeit - führten wir Emilia durch die komplette Schule und erklärten alles. Abläufe, Regeln usw. Sie guckte sich alles sehr aufmerksam an und sagte: Nichts. Zum Schluss gingen wir in mein Klassenzimmer, wo der Großteil des Unterrichts bei meiner Kollegin und mir stattfindet und ggf. differenziert wird. Als Emilia Sofaecke, Kühlschrank, Kaffeemaschine etc. sah, sagte sie einfach nur: „JA!" In den folgenden Wochen gab es nicht einen Fehltag und Emilia war immer pünktlich im Klassenraum, hatte alle Arbeitsmaterialien dabei und schrieb alles, wirklich alles mit. Ein Vorteil war sicherlich, dass ich zu diesem Zeitpunkt vier Mädchen (von insgesamt elf Schüler:innen) in der Klasse hatte, was absolut außergewöhnlich ist für unsere Schulform. Die vier hielten nicht nur prima zusammen, abgesehen von den für das Alter gewöhnlichen Befindlichkeiten, sondern hatten die Jungs auch hundertprozentig im Griff. Das typische Benutzen von Schimpfwörtern und frauenverachtenden Sprüchen kam so gut wie gar nicht vor. Im Gegenteil versuchten die Jungs, sich durch schon übertriebene Hygiene und merkwürdig aufgesetzte Höflichkeiten bemerkbar zu machen. Für mich als Klassenlehrer insgesamt eine komfortable Situation. Emilia war rasch integriert und schnell beliebt. Denn sie war zurückhaltend, hörte viel zu und hatte mit keinem Stress. Wenn sie etwas sagte, dann passte es. Zudem hatte sie im Unterricht keinerlei Mühe und war den anderen ein Stück voraus. Uns fiel trotzdem auf, dass sie oft starke Stimmungsschwankungen hatte. An einem Tag wirkte sie glücklich, lustig, fast euphorisch und war für jeden Scherz zu haben, am nächsten Tag saß sie still und in sich gekehrt da. Manchmal sechs Stunden lang. Wenn man sie fragte, ob irgendwas nicht in Ordnung sei, verneinte sie stets oder sagte, sie sei nur müde oder geschafft. Was noch auffällig war, Emilia hatte ein großes Geschick dafür, auch die Stimmung anderer zu beeinflussen. Mit wenigen Bemerkungen konnte sie Differenzen beheben aber auch verursachen. Während sich dann zwei Jungs stritten, lehnte sie sich zurück und beobachtete das Ganze, bis sie beschloss, den Konflikt im Stile eines Schlichters zu beheben. Beeindruckend einerseits. Andererseits äußerst manipulativ und geschickt. Ob bewusst oder unbewusst gesteuert, da waren wir uns zu diesem Zeitpunkt noch nicht sicher. Alles in Allem waren wir jedoch guter Dinge, denn Emilia war insgesamt eine sehr angenehme und auch mittlerweile angesehene Schülerin, die immer mehr Spaß an Schule entwickelte und sogar anfing, sich im Unterricht zu melden. Etwas, das früher undenkbar war. Diese Angst war offenbar abgelegt.

Nach einem Tag, an dem Emilia viel schwieg und wenig ansprechbar war, kam sie nach Schulschluss wieder zu uns in den Klassenraum. Der Taxifahrer informierte uns, dass sie nicht ins Taxi steigen wolle. Wir versuchten mit ihr zu reden. Sie sagte nichts und vergrub ihr Gesicht unter ihren Armen. Wir sagten dem Fahrer, wenn er nicht warten könne, solle er fahren. Er fuhr. Ich sagte Emilia, ich müsse dann ihren Vater anrufen. Er könne sie ja von der Schule abholen. Emilia guckte mich traurig an und sagte, sie wolle auf keinen Fall nach Hause. Ich guckte meine Kollegin an, diese nickte mir zu und gab mir zu verstehen, dass ich mir mal einen Kaffee holen solle. Nach ca. 20 Minuten kam sie aus dem Klassenzimmer und teilte mir mit, dass auch sie nichts aus Emilia rausbekommen habe, aber, dass diese nun aufschreiben wolle, was das Problem sei. Nach einer weiteren halben Stunde kam Emilia raus und legte uns wortlos zwei komplett beschriebene DIN A4 Seiten hin, ging wieder auf ihren Platz und legte den Kopf auf den Tisch. Wir lasen aufmerksam alles. Es war mittlerweile ca. 15 Uhr und wir holten uns und Emilia erst einmal was zu Essen. Dann war ich als Klassenlehrer an der Reihe. Ich sagte Emilia, was wir jetzt machen würden, ihr Einverständnis vorausgesetzt. Ich würde das Jugendamt informieren, nach dem nächstgelegenen freien Platz in einer Inobhutnahme fragen, und wir würden sie dort zusammen hinfahren. Nach Hause müsse sie nicht mehr. Ich würde auch den Vater über den Verbleib informieren. Natürlich ohne Angabe der Adresse. Einzige Voraussetzung: Das, was Emilia uns aufgeschrieben hatte, müsste sie gegenüber der Jugendeinrichtung nur einmal bestätigen. Dann aber gäbe es zumindest für die nächsten Tage erst mal kein Zurück. Das müsse sie sich bewusst machen. Emilia überlegte nicht lange. Das Jugendamt gab mir einen Kontakt, der Vater reagierte nicht zu sehr überrascht am Telefon und wir machten uns auf den Weg. Abends angekommen gab es ein kurzes Gespräch mit den Mitarbeiter:innen der Inobhutnahme. Emilia durfte sich schnell in ein Zimmer zurückziehen, dass sie sich mit einem jüngeren Mädchen teilte. Am nächsten Tag würde ein Mitarbeiter beim Vater Klamotten von Emilia abholen. Gespräche würden zunächst ohne Emilia stattfinden und später ggf. begleitet. Wir guckten auf dem Weg nach draußen in einige traurige Gesichter. Irgendwann nach 20 Uhr war ich Zuhause und fiel ins Bett. Meine Kollegin hatte noch einen weiteren Weg, doch ohne sie hätten wir die Fahrt nicht antreten können. Am nächsten Tag war Emilia wie selbstverständlich in der Schule und wirkte sehr glücklich und deutlich verändert. Entspannt, zufrieden, locker.

Emilia sollte nie wieder bei ihrem Vater wohnen. Sie machte später einen vernünftigen Abschluss und ging neben der Schule in eine Therapie. Dort wie auch von uns bekam sie hinsichtlich der Diagnose Borderline-Persönlichkeitsstörung jede mögliche und denkbare Hilfe. Die Gewalt, die sie erlebt hatte und von der sie uns nur im Ansatz schriftlich berichtete, wurde in den Jahren nach der Schule soweit aufgearbeitet, dass es zu einem Treffen mit dem Vater kam, indem Emilia ihm verzeihen konnte. Nicht mehr, nicht weniger. Emilia wohnte noch etwa drei Jahre bei einer Pflegemutter mit pädagogischer Ausbildung und geht heute einer geregelten Beschäftigung nach. Bei der Abschlussfeier umarmte sie mich und ich wurde von den Mädchen wie eine Frau geschminkt und durch die gesamte Schule getrieben. Etwas, dass ich nicht jedes Jahr mit mir machen lasse...

Anders Teil 1

Heute haben ein paar Schüler den Mitschüler mit Autismus nachgeäfft und sich über sein Verhalten lustig gemacht. Da fragte der: „Kann ich denn nicht anders sein?" Und das beschreibt den Zustand des Spiegelbildes der Schule, genannt: Gesellschaft, besser, als ich es mit 1000 Worten je könnte.

Anders Teil 2

Ein Schüler sagt in letzter Zeit immer Sachen wie: „Mir ist anders schlecht" oder „Digga, der ist anders behindert" oder „Alter, du hast anders Mundgeruch." Wir haben das jetzt im Kollegium natürlich etwas anders verstanden und verarbeitet. Es gibt mittlerweile eine Top Ten. Los geht's:

10. AFD: Ist anders rechts

9. Schalke 04: Ist anders erfolgreich

8. Jeremy Fragrance: Ist anders berühmt

7. Deutsche Metropolen: Sind anders lebenswert

6. Aiwanger: Ist anders intelligent

5. Alice Weidel: Ist anders charmant

4. Deutsche Bahn: Ist anders pünktlich

Die Top 3:

3. Wärmepumpen: Sind anders teuer

2. FDP: Ist anders liberal

1. Deutschland: Ist anders sozial gerecht

Das Täterintrojekt

Angeregt durch mehrere Beiträge zum Thema Gewalt, Opfer und Täter folgt eine Beschreibung der Mechanismen, die wir bei einigen Schüler:innen und deren Familien häufiger beobachten. Daher Achtung! Warnung vor Triggereffekten beim Lesen!

„Papa, ... ein fremder Mann hat mich angefasst." „Selbst schuld, so wie du dich anziehst und immer überall herumtreibst!" Für die meisten hoffentlich eine unvorstellbare Reaktion, in meinem Arbeitsumfeld oft Realität. Warum die Reaktion auf die Tat häufig das Leid des Opfers immens verstärkt und auf Jahre manifestiert? Die Tat an sich hat dem Opfer vermittelt: Du bist wertlos, du bist schlecht, dein Wille ist egal, wie es dir geht, bedeutet mir einen Scheiß. Tätergedanken, die sich festsetzen und gerade bei Kindern aber auch Erwachsenen hängenbleiben. Kinder denken nicht: „Was für ein Mist ist mir passiert? Der Täter hat Schuld." Sie geben sich oft selbst die Schuld und überlegen: „Was stimmt mit mir nicht?" oder: „Ich tauge nichts". Auch bei Jugendlichen und Erwachsenen, gerade bei entsprechender Vorgeschichte oder durch erfahrene Abwertung durch enge Bezugspersonen, setzen sich diese Gedanken fest. Man bezeichnet dies auch als ‚Täterintrojekt'. Ein Teil der Täteransichten wird unbewusst übernommen und zu einer immer begleitenden Stimme im Kopf, die alles negativ kommentiert. Durch ein abweisendes Umfeld und die fehlende Unterstützung durch genau die Personen, die einen eigentlich unterstützen sollten - Mutter,

Vater, Geschwister - können die Folgen für das Opfer extrem verstärkt werden. Kommt der Täter aus der eigenen Familie oder ist es eine wichtige Bezugsperson, ist das fatal. Selbsthass, selbstverletzendes Verhalten, destruktive Gedanken und Handlungen... alles Dinge, die oft nur durch jahrelange Therapie aufgefangen werden können. Was es zusätzlich schwer macht: In der Therapie muss immer wieder gegen diese innere Stimme zusätzlich gekämpft werden, während das Opfer ermuntert wird, offensiv dagegen anzugehen, Wünsche offen zu äußern und Ängste zu überwältigen. Eine große Angst vieler Opfer ist es, selbst zum Täter zu werden. Schon der Gedanke, jemandem zu nahe zu treten oder ein klares ‚Nein' zu sagen wird ganz irrational als Schritt zum Täter hin empfunden. Dabei ist es der Täter, der Grenzen nicht akzeptiert und sich mit Gewalt darüber hinwegsetzt.

Was kann Schule tun? Kurz gesagt: Erfolgserlebnisse vermitteln, indem auch kleine Schritte anerkannt und positiv verstärkt werden, eine Kultur des Hinsehens etablieren, in der nicht die Mobber und Täter eine Bühne bekommen, sondern in der klare Grenzen gezogen, Taten adäquat sanktioniert werden und die Opfer im Vordergrund stehen. Stichwort Täter-Opfer-Ausgleich. Und das durch Lehrkräfte vermittelte Gefühl: Egal, wie klein das Problem sein mag, es wird sich gekümmert. Konflikte werden geklärt und Störungen haben Vorrang. Hier wird nichts unter den Teppich gekehrt. Bei uns müssen zum Beispiel Schüler:innen, die vor anderen - also öffentlich – eine/n andere/n Schüler:in herabgesetzt haben, sich dafür auch öffentlich verantworten. Ich spreche von Fällen meist ein oder zwei Ebenen vor einer Anzeige mit strafrechtlicher Relevanz. Wir nennen dies auch ‚Dreierpack'. Eine schriftliche Entschuldigung, eine Wiedergutmachung (zum Beispiel ein Arbeitsdienst, ein Geschenk) und ein Referat vor dem Plenum zum Thema (zum Beispiel ‚Beleidigung, Bedrohung, Erpressung'). Wenn diese drei Dinge für das Opfer, alle Schüler:innen und uns zufriedenstellend erledigt sind, darf die/der Schüler:in die Schule wieder besuchen. Es kommt selten vor, dass sich eine solche Tat schnell wiederholt. Vor dem Hintergrund einer Gruppe, in der einige in Therapie sind und andere, die Gewalterfahrungen gemacht haben, ist dies absolut notwendig. Auch, wenn unsere

Schüler:innen viel motzen und nicht immer vom Unterricht begeistert sind - sie kommen gerne zu uns. Erfahren sie doch oft zum ersten Mal stabile Beziehungen und Wertschätzung sowie klare Regeln und Schutz vor Ungerechtigkeit.

Die Welt ist so voller Selbsthass und negativen Gedanken, es gibt zu viele Menschen, die unzufrieden und unglücklich mit sich selbst sind, auf ein Unheil nach dem anderen zulaufen und nicht aus diesem Kreislauf herauskommen. Da ist Prävention angesagt, damit nicht tatsächlich irgendwann aus einem Opfer ein Täter wird.

Übrigens, einem Täterintrojekt vorzubeugen, funktioniert auch in den sozialen Netzwerken. Hinterlässt jemand einen Kommentar, in dem du als Person angegangen wirst, anstatt dass in der Sache kritisiert wird, lass es nicht unkommentiert! Lass es nicht dein Problem werden. Der andere hat die Grenze überschritten, er oder sie ist der Täter! Und wenn du darauf hinweist und bittest, weiter zu scrollen oder auch anschließend blockst... Du bestimmst, du hast das letzte Wort. Niemand nimmt dir deine Stimme. Das Problem hat der/die andere.

Kindernachrichten

Ich höre ja unheimlich gerne Kindernachrichten auf NDR. Heute die Frage: Würdest du gerne Lehrer/in sein?

Kind 1: Ja, das macht bestimmt total Spaß mit Kindern und Jugendlichen rumzuhantieren!

Kind 2: Ist bestimmt nicht so einfach, weil die Eltern super stressig sind!

Ich hätte es jetzt ein wenig anders formuliert, aber insgesamt auf den Punkt gebracht. Weiter so NDR!

Trennung

„Entschuldigung, dass ich so spät anrufe, aber ich weiß nicht mehr weiter. Ich habe Angst vor meinem Sohn." So fing ein Gespräch mit einer verzweifelten Mutter vor Jahren an. Die zierliche Frau arbeitete in einem kleinen Café ganz in der Nähe, wo ich öfter ein Eis aß. Der Sohn war 17 Jahre alt und der Vater saß noch für viele Jahre im Gefängnis wegen teils schwerer Delikte. Sie hatten sich vor langer Zeit in Spanien kennen gelernt, und aus einem romantischen Urlaubsflirt wurde mehr. Er zog nach Deutschland, beide heirateten und bekamen einen hübschen Sohn, Mario. Alles lief gut. Sie wusste leider nicht, dass er nicht nur eine normale Arbeit hatte, sondern zudem Berufseinbrecher war. Als der Sohn ca. zehn Jahre alt war, wurde er geschnappt. Zu den Einbrüchen, kamen Überfälle und Körperverletzungen hinzu. Sie musste in eine kleine Zweizimmer-Wohnung ziehen, aufstocken und versuchte seitdem, ihren Sohn und sich selbst über Wasser zu halten. Es entwickelte sich eine Art Hass-Liebe zwischen dem Sohn und den Eltern. Während er seine Mutter dafür beschuldigte, ohne den Mann nicht klar zu kommen, wurde der Vater gleichzeitig überhöht. Schuld war die Polizei, die ihn erwischte. Mario entwickelte zahlreiche Verhaltensstörungen und in der Schule legte er sich mit jeder Lehrkraft an. Selbst auf einer Förderschule gab es keine wirklichen Fortschritte. Im letzten Schulbesuchsjahr kam er zu uns. Es sollte eine Chance sein, seinen Abschluss zu machen. Wir hatten es nicht besonders leicht. Ständige Unterrichtsstörungen und sehr selbstgerechtes Auftreten. Wir hätten alle keine Ahnung und in der Schule würde nur Blödsinn erzählt. Nichts davon brauche man im Leben wirklich. Mario hatte eher vor, mittels krimineller Handlungen Karriere zu machen, so wie sein Vater, der im Knast das Sagen habe. Doch unter dieser Schale verbarg sich ein sehr emotionaler junger Mann mit teils kleinkindlichen Verhaltensweisen. Ich erinnere mich, wie wir mit Einwilligung aller Eltern eine Schulstunde auf Video aufzeichneten, um danach die Schüler mit ihrem Verhalten zu konfrontieren. Während die Kamera zentral wiedergab, was in der Klasse passierte, sah man am Bildrand Mario auf seinem Platz, wie er während des Unterrichts ein großes Stück kalte Pizza unter der Tischkante hervorzog, um immer wieder davon abzubeißen. Die gesamte Klasse und auch er selbst mussten darüber lachen, weil es so bizarr aussah. Einmal wollte ich in meine Verhaltenskarte eine Notiz über ihn machen wegen einer Störung, da lief er von seinem Platz los und sprang auf meinen Lehrertisch, wo er mit dem Bauch auf meiner Karte liegen blieb, damit ich nichts reinschreiben konnte. Während er da so lag und es in der Klasse absolut still war, guckte ich ihn verwundert an und sagte: „Mario, wie alt bist du eigentlich? Ich kann mir meine Notiz auch merken und später aufschreiben. Aber wenn du auf meinem Tisch liegen bleiben willst, nur zu. Ich würde dann den Unterricht fortsetzen." Auch da musste er schließlich selbst grinsen. Er merkte, dass er auch mit den ungewöhnlichsten Verhaltensweisen nicht wirklich weiterkam und fing tatsächlich an, zeitgleich am Unterricht teilzunehmen und immer wieder meine Gesellschaft auf dem Pausenhof zu suchen. Er wurde immer anhänglicher, aufgeschlossener und möglicherweise sah er so etwas wie eine Vaterfigur in mir.

Leider wurde die Beziehung zur Mutter immer schlechter. Als sie mich wie eingangs erzählt anrief, hatte Mario sie an die Wand gedrückt, seine Faust erhoben und gesagt: „ICH BRINGE DICH UM!" Danach hatte er die Wohnung verlassen. Ich versprach ihr zu helfen und würde mich zurückmelden. Polizei war keine Option für sie. Sie wollte ihren Sohn nicht in noch mehr Schwierigkeiten bringen. Ich überlegte. Da ich noch ein relativ junger Lehrer war und nicht viel Erfahrung mit solchen außergewöhnlichen Ereignissen hatte, rief ich jemanden an, der mir auf jeden Fall helfen würde können. Erst ein paar Wochen vorher war ich in einer Wohngruppe für ein Hilfeplan-Gespräch zu Besuch. Der Wohngruppenleiter, Anfang 60, lobte mich vor der ganzen Truppe für meine schulische Einschätzung zu einem seiner Jungs und wollte mich Scherzes halber gleich abwerben („Wenn sie einen Job brauchen, sie können hier jederzeit anfangen"). Ich schilderte ihm den Fall, er stellte mir ein paar Fragen, überlegte kurz und sagte mir, was sein Plan war. Unkonventionell aber gut.

Am nächsten Tag gingen mein Schulleiter und ich gleich morgens auf Mario zu und teilten ihm mit, er habe nach dem Unterricht noch einen wichtigen Termin mit uns. Später trafen wir uns im Büro. Dort saßen außerdem der Wohngruppenleiter und Marios Mutter. Wir hatten den Ablauf alle grob vorbesprochen. Der Wohngruppenleiter stellte sich vor. Er sei bei der Jugendhilfe und habe mit Marios Mutter gesprochen. Sie habe große Angst vor ihm und wir müssten eine Lösung finden. Mario war natürlich überrascht und wollte sich herausreden. Doch der Schulleiter und ich gaben aus einem Protokoll den Vorfall mit der Mutter präzise wieder. Dann fing Mario an, über seine Mutter zu schimpfen und wurde laut. Der Wohngruppenleiter unterbrach ihn mit Vehemenz. Er habe jetzt zwei Optionen. Wir würden jetzt entweder die Polizei dazu holen. Dann würde alles wahrscheinlich damit enden, dass Mario entweder in Haft käme oder in Obhut. Oder er würde von zu Hause ausziehen. Mit ihm und der Mutter könne es so nicht weitergehen. Das Jugendamt würde in diesem Fall unterstützen, dafür würde er sich einsetzen. Die Mutter wusste natürlich schon von unserem Plan und war damit einverstanden. Mario wollte weder die Polizei noch von zu Hause ausziehen. Da fragte ich die Mutter: „Möchten sie, dass Mario ihre Wohnung verlässt?" Die Mutter sagte unter Tränen: „Ja. Ich halte es nicht mehr aus und weiß nicht mehr weiter. Es geht nicht mehr."

Ich sagte: „Gut. Mario, du bleibst hier, deine Mutter fährt nach Hause. Sie wird dir deine Klamotten packen und einem Freund bringen, wo du erst einmal unterkommen kannst. Ich bringe dich nachher zum Bahnhof. In einer Stunde fährt ein Zug nach Oldenburg."

Vier Wochen später. Für Mario hatten wir eine kleine 1-Zimmer-Wohnung gefunden. Ein Mitarbeiter des Jugendamtes kam regelmäßig vorbei, seine Mutter half ihm bei der Wäsche und sie telefonierten wieder miteinander. Die Beziehung stabilisierte sich und beiden ging es besser. Als ich im Café vorbeikam, bedankte sich die Mutter. Sie hätte es alleine nie geschafft, ihren Sohn vor die Tür zu setzen. Sie sei sehr glücklich und die räumliche Trennung sei die beste Lösung für alle.

Ein halbes Jahr später. Mario bestand seine Abschlussprüfung. Er hatte mit Hilfe einer Freundin nochmal zusätzlich für Mathe geübt. Es hatte sich gelohnt.

Mittlerweile ist Mario Anfang 30. Ich treffe ihn häufig beim Einkaufen. Wir unterhalten uns immer. Er fragt, wie es bei mir und in der Schule aussieht. Ich frage ihn, was er so macht und wie es ihm geht. Immer netter Smalltalk. Bis auf einmal. Da guckt er mich ganz ernsthaft an und sagt: „Ich war echt schlimm früher, oder?“

Klassenfahrt Teil 1

Szenen einer Klassenfahrt... Und während alle jammern: „Anstrengend, scheiße, ich will nach Hause, verficktes Kanu, ...“ überholt uns auf halber Strecke die Grundschulklasse, die eine Stunde nach uns gestartet war. Ja, wir haben ganz harte Gangster.

Klassenfahrt Teil 2

Auf der Müritz. Kanufahrer mit Antifa-Flagge und Anarchie-T-Shirt kommt uns entgegen. Wir grüßen uns freundlich. Ich: „Gewagtes Outfit, Brudi.“ Er: „Auf dem Wasser kein Problem. In der Stadt kannste so nicht rumlaufen. Es sei denn, du willst richtig Ärger.“ Tja.

Klassenfahrt Teil 3

So. Klassenfahrt vorbei. Alle am Leben. Alles gut. Und natürlich gibt es Schüler:innen, die danach sagen: „Mich kriegt keiner ins Kanu“ oder „fiese Klassenfahrt“. Aber um nur ein Beispiel zu nennen. Ein Schüler, der wenig zur Schule kommt, oft Ärger mit der Polizei und sonst wenig

Anbindung zu uns hat, war sehr hilfsbereit, hat beim Kochen Zwiebeln geschnitten, Müll aufgesammelt und beim Kanu fahren wenig gemeckert. Als wir gerade in der Schule angekommen sind, frag ich ihn: „Und? Wie hat`s dir gefallen?" Und er: „Super!" Ich: „Ist natürlich kein Urlaub, sondern etwas anstrengender." Er: „Weiß ich nicht, ich war noch nie woanders als in der Schule oder in Delmenhorst."

Bundeswehr

Ab und zu kommt es vor, dass eine/ein Ex-Schüler:in auf der Matte steht. Auch noch nach Jahren. Es muss etwa 2010 gewesen sein, dass aus einer Bitte um fünf Minuten ein halbstündiges Gespräch wurde. Kurz nach Unterrichtsschluss klopfte Jan bei mir an die Klassentür. Ein Schüler, der drei oder vier Jahre vorher seinen Abschluss bei mir gemacht hatte. Sein Zeugnis war jetzt nicht besonders toll, aber ich wusste noch, dass er praktisch begabt war und zwei tolle Praktika bei einem Tischler absolvierte. Zudem war er wahnsinnig nett, und ich hatte damals schon nicht verstanden, warum er zu uns kommen ‚musste'. Es gab vorher ständig Ärger mit der abgebenden Klassenlehrerin. Für unsere Schule war er eine Bereicherung. Alles lief gut. Wir starteten mit Smalltalk. Die Ausbildung beim Tischler hatte er abgebrochen, als er 18 wurde. Die Bundeswehr, von der er immer schwärmte, war angesagt. Er hatte sich verpflichtet, wollte dort richtig durchstarten. Groß, fit und kernig stand er vor mir. Aber jetzt sei er verzweifelt und wisse nicht, wie es weiter gehen solle. Es wurde dazu aufgerufen, nach Kabul zu gehen. Auslandseinsatz. Zwar freiwillig, wie er berichtete, aber er erklärte mir auch, dass man als Berufssoldat kein gutes Ansehen bei den Kameraden hätte, wenn man ablehne. Ich fragte ihn, wie er sich das denn sonst vorgestellt habe als Soldat. Wir hatten früher schon im Rahmen der Berufsorientierung darüber geredet. Er meinte, er selbst habe damit überhaupt kein Problem, außerdem wären solche Einsätze sehr gut bezahlt.

Nein, das Problem bestand darin, dass er eine Freundin habe, vielmehr schon eine Verlobte. Und diese sei schwanger. Nun sei er hin- und hergerissen, könne nicht mehr schlafen. Auch ein Gespräch mit seiner Freundin habe ihm nicht weitergeholfen. Mit seinen Eltern könne er darüber gar nicht reden. Die würden nur mit blöden Ratschlägen kommen. Was ich jetzt an seiner Stelle tun würde. Ich fragte ihn, was denn die Freundin meinte. Er sagte, sie sei nicht begeistert, aber würde akzeptieren, dass es ja sein Beruf sei. Man würde es schon irgendwie hinbekommen. Sein Eindruck war aber, dass sie tatsächlich sehr traurig sei und das nur ihm zu Liebe sagte. Ich weiß noch, dass ich ihm sagte, dass ich nicht für ihn entscheiden könne. Das sei die einzige Freiheit, die er selbst habe. Ich sagte auch, dass sich Dinge im Leben ändern und dass es sich lohnen könne, dann auch vom ursprünglichen Plan abzuweichen. Wenn er den Auslandseinsatz ablehnen würde, müsste er sich auch fragen, ob es dann nicht konsequent wäre, bei der Bundeswehr auszusteigen und sich eine Alternative zu suchen. Wir redeten eine ganze Weile, ohne, dass ich merkte, was er davon hielt. Irgendwann sagte ich, jetzt wisse er, wie ich darüber denke, was meine Ansicht sei. Entscheidend sei aber am Ende nicht, was ich finde, seine Eltern, seine Freunde. Nicht einmal seine Freundin. Am Ende müsse er sich fragen: „Was will ich eigentlich?" Wenn er nur das täte, was andere meinen, würde er nicht glücklich werden. Er guckte mich an, bedankte sich für das Gespräch. Ich hätte ihm sehr geholfen. Er verabschiedete sich. Darauf hörte ich monatelang nichts von ihm.

Irgendwann rief er mich an. Er sei wahnsinnig glücklich. Er habe seine Ausbildung beim Tischler fortsetzen können. Es war gar kein so großes Problem, wie er vorher dachte. Die Bundeswehr war Vergangenheit und er würde total in der Vaterrolle aufgehen. Es war ein Junge geworden, gesund und munter. Seine Freundin war letztendlich sehr froh über seine Entscheidung. Ich freute mich ebenfalls. Nach diesem Telefonat hörte ich nie wieder was von ihm. Ein gutes Zeichen, dachte ich. Wenig später hörte ich von einem Selbstmordanschlag in Afghanistan, durch den mehrere Soldaten der Bundeswehr ihr Leben verloren, und ich dachte, wie das wohl sein müsse, wenn man seinen geliebten Partner und Vater eines Kindes verlieren würde, welches er nie kennen gelernt hätte.

Julian

In der Stadt. Rote Augen, abgerissene Klamotten, schmutzig. „Ey, Herr Hopper. Sind sie das?“ sprach er mich mit brüchiger Stimme an. „Ja Julian. Ich bin`s. Wie geht es dir?“ antwortete ich, da ich ihn sofort wiedererkannte. Es wäre mir bei vielen anderen sehr schwergefallen, so wie er jetzt aussah. Ca. 18 Jahre später. Aber nicht bei ihm. Der aus Brandenburg zu uns kam. Hochintelligent, sensibel, durchaus sozial, mit viel Humor. Aber auch von seinem Vater misshandelt. Ein Alkoholiker, der die Mutter regelmäßig verprügelte und mit dem Sohn Schlimmes tat. Wir gerieten damals einmal heftig aneinander. Er trat mir gegen das Schienbein, ich schlug ihm im Affekt vor die Brust. Ein anderer hatte ihn provoziert. Ich ging dazwischen, was ihm nicht passte. Danach weinte er. Nicht wegen meines Schlags, sondern wegen seines Tritts. Ich entschuldigte mich, er entschuldigte sich. Damit war es geklärt. In dem einen Jahr, das er bei uns hatte, holte er den Stoff von drei Jahren Schule auf, machte einen sehr guten Abschluss und wollte mit der Realschule weitermachen. Er bekam seine Emotionen sehr gut in den Griff, fing an, mir alles zu erzählen, was nicht in der Akte zu finden war. Die Betreuung in der Wohngruppe war hervorragend. Mit der Bezugsbetreuerin hatte ich einen ständigen Austausch. Ein Ausspielen Schule gegen Wohngruppe war unmöglich. Denn das versuchte er manchmal. Bei den Hausaufgaben, bei Regelverletzungen etc. Alle waren mit der Entwicklung sehr zufrieden. Positiver als erwartet. Der alte Spruch „je eindeutiger die Diagnose, desto besser die Prognose“ traf völlig zu. Einmal stand er bei mir zu Hause vor der Tür, wusste nicht wohin und wollte einfach nur reden. Ich machte uns einen Kaffee. Meine Frau und ich hatten damals gerade erst gebaut und waren noch weit von einer

Einrichtung entfernt, von der man hätte sagen können, dass alles passt. Trotzdem - ich habe es bis heute nicht vergessen - sagte er, während er etwas verloren auf dem Sofa saß und sich umguckte: „Sie haben ein echt geiles Leben." Ich könnte noch viel mehr erzählen, wie er auch meinen späteren Werdegang mitprägte, was für Gespräche wir hatten, aber das Wichtigste war: Ich kann wohl sagen, dass ich damals einen Lieblingsschüler hatte. Nicht, dass ich andere weniger mochte. Aber ab und zu kommt es vor, dass einem ein Schüler über den Weg läuft, dem man sich besonders verbunden fühlt, wo man noch ein bisschen mehr als 100 Prozent gibt, der anders ist als andere. Erklären kann ich es nicht, aber ich habe damals fest geglaubt, wenn einer seinen Weg geht, dann er. Heute weiß ich, dass es für Menschen keine sichere Prognose gibt. Eine Kleinigkeit hier, ein Schicksalsschlag da, und es wirft dich aus der Bahn. Jederzeit. Man weiß nur nicht, wen es wann erwischt.

Unser Gespräch in der Stadt dauerte ca. fünf Minuten. Er sei jetzt auf Droge, habe eine Therapie abgebrochen. Sowie die Berufsschule damals. Er habe keine Kraft für ein normales Leben gehabt, keine Freunde, jedenfalls keine richtigen, an denen er sich hätte aufrichten können. Er müsse jetzt weiter. Dann wünschte er mir alles Gute. Er hinterließ eine Leere. Und ich bin traurig. Traurig, weil die kurze Zeit nicht gereicht hatte, ihn damals nachhaltig zu triggern und stabil auf die richtige Spur zu setzen. Weil die gute Betreuung schlagartig endete, als er erwachsen wurde - erwachsen auf dem Papier. Traurig, weil er keine Zeit und Gelegenheit hatte, Erlebtes zufriedenstellend zu verarbeiten, weil er offenbar in altes Verhalten zurückfiel und nun keiner mehr da war.

Warum erzähle ich das? Vielleicht weil ich gerade einen ähnlichen Fall habe. Und wieder ein sehr gutes Gefühl. Und wieder weiß ich, dass es eine Enttäuschung geben kann. Und auch, wenn es längst nicht immer ein Happy End gibt wie im Film, will ich weiter daran glauben. Denn sonst müsste ich aufgeben. Immer wenn ich den Film ‚Die Verurteilten' sah, dachte ich an ein Zitat und dabei an Julian. „Einige Vögel sind nicht dazu geschaffen eingesperrt zu werden. Sie haben ein zu glänzendes Gefieder. Und wenn sie davonfliegen, dann jubelt der Teil in mir, der weiß, dass es eine Sünde war, sie einzusperren. Und dennoch ist es da, wo man lebt, trauriger und leerer, wenn sie weg sind."

Julia

Bevor Julia zu mir in die achte Klasse kam, hatte sie bereits mehrere Anzeigen wegen Körperverletzung, Drogenbesitz und Widerstand gegen die Polizei. In der siebten Klasse hatte sie gemeinschaftlich mit drei Mitschüler:innen einer anderen Schülerin kurz nach Schulschluss einen selbstgemachten Cocktail aus Kotze, Farbe, etc. über den Kopf gegossen, die Tat gefilmt und veröffentlicht, weil diese, O-Ton, „frech gewesen war". Julia hatte damals den Förderbedarf Lernen und emotionale und soziale Entwicklung. Weil sie dann erst 14 wurde, wurden die Anzeigen zwar strafrechtlich gesehen nicht verfolgt, aber gesammelt. Das Jugendamt war schon lange an der Familie dran und der größere Bruder hatte zwei Jahre vorher bei mir kurz vor einem erfolgreichen Hauptschulabschluss mit tollen Leistungen leider hingeschmissen und beschlossen, seine Zeit hauptsächlich mit Kiffen zu verbringen. Die Mutter war alleinerziehend. Fünf Kinder, die der Vater allesamt von klein auf regelmäßig verprügelte, bis sie ihn rausschmiss. Sie selbst war arbeitslos, alkoholkrank, und Julia musste sich um einen Großteil des Haushaltes sowie um ihre jüngeren Geschwister kümmern. An Absprachen konnte sich die Mutter nicht halten oder erinnern, und von ihr aus gab es keinen Kontakt zur Schule. Sie selbst war bereits von der Schule geflogen und hatte Lehrkräfte durchweg als negativ erlebt. Ich erkannte, dass Julia zu hervorragenden Leistungen in Deutsch und den Nebenfächern in der Lage war. Mit viel Zuspruch und Unterstützung fand sie Gefallen am Unterricht und war durch ein paar erste gute Noten motiviert, öfter zur Schule zu kommen. Natürlich auch, weil ich ihr klar machte, dass jeder unentschuldigte Fehltag gemeldet würde und die Bußgelder die Mutter nicht würde bezahlen können. Das heißt dann für

Schüler:innen über 14 oft Sozialstunden in der Konsequenz. Ich drückte aber auch immer wieder ein Auge zu und nahm Entschuldigungen von Julia an, wenn es mir plausibel vorkam. Zunächst lief es mittelprächtig. Dann passierten zwei Dinge kurz nacheinander. Erst wurde Julia noch vor ihrem 15. Geburtstag schwanger durch ihren Freund, der gerade erst seinen Abschluss, auch bei uns, machte und dann wurde sie auf dem Schulgelände mit Cannabis erwischt. Sie hatte es nicht nur konsumiert, sondern auch eine beträchtliche Menge bei sich. Auf mein Drängen hin zeigten wir sie nicht bei der Polizei an, sondern luden zu einer Klassenkonferenz ein. Dort beschlossen wir folgende Dinge: Julia und ihre Mutter gaben sich einverstanden, dass sie bei Aufforderung ihre Taschen entleeren musste. In unregelmäßigen Abständen wurden von einer Kollegin Drogentests in der Schule durchgeführt. Sollte ein Test positiv sein, würde eine Suspendierung erfolgen. Zudem verpflichtete sich Julia, einmal die Woche zu einer Drogenberatung zu gehen. Diese rief mich regelmäßig an und berichtete der Schule vom Verlauf. Auch hier sollte es keine Fehlzeit geben. Durch unser Angebot, auf eine Anzeige zu verzichten und gleichzeitig alles zu begleiten, kam es zu einer Einigung. Zudem machten wir Julia und ihrer Mutter klar, welche Konsequenzen ein Erfolg aber auch ein Misserfolg haben würden, indem wir rein hypothetisch verschiedene Szenarien durchspielten und von den Lebenswegen anderer Schüler:innen in der Vergangenheit erzählten. Dann hoben wir auf Beschluss der Klassenkonferenz den Förderbedarf Lernen auf, wodurch Julia die Chance auf einen Hauptschulabschluss am Ende der neunten Klasse bekam, was sie zusätzlich motivierte und ihr gleichzeitig zeigte, dass wir sie aufgrund ihrer Leistungen ernst nahmen und ihr tatsächlich helfen wollten. Von da an passierten nur noch gute Dinge.

Ein halbes Jahr später hatte sie Panik vor der Matheprüfung. Mathe war ihr Angstfach. In den Pausen blieb sie aufgrund der Schwangerschaft in der Klasse und nutzte die Zeit, um Lücken im Kopfrechnen zu schließen. Nur nach Formeln rechnen fiel ihr weiter schwer und sie hatte wenig Selbstvertrauen. Dann kam die Deutschprüfung. Eine Zwei! Dann die Matheprüfung. Am Ende, als noch Zeit war, guckte ich auf die Aufgaben und zeigte auf ein paar von ihnen: „Guck dir diese Rechnung nochmal an, bitte!“ Das hatten wir vorher vereinbart als Codesatz, wenn eine Rechnung nicht stimmte. Den Fehler finden musste sie natürlich selbst. Mehr Hilfe konnte ich nicht geben. Sie rechnete, anders als die anderen Prüflinge, bis zur letzten Sekunde, gab mir die Arbeit ab und sagte: „Mein Gott, ich glaube, ich habe alles falsch.“ Ich guckte ihre Arbeit zu Hause als allererste durch. Es war eine Zwei minus. Das Schlimmste für mich war, dass ich ihr erst nach der mündlichen Prüfung die Ergebnisse sagen durfte. Ein Prozedere, dass es jetzt nicht mehr gibt. Die mündliche Prüfung war ebenfalls eine Zwei. Als ich ihr die Noten mitteilte und ihr zum Abschluss gratulierte, fiel mir Julia um den Hals und bedankte sich für alles.

Etwa drei Jahre später besuchte mich Julia mit Kind in der Schule. Ein paar der Klamotten waren von meinen Kindern. Wir hatten vorher ein paar Sachen für sie aussortiert und ihr geschenkt. Ihr Mann war fast fertig mit der Ausbildung zum Tischler. Als ich das wunderschöne Kind auf dem Arm hatte, sagte Julia zu mir: „Und keine Angst. Mein Kind wird niemals auf diese Schule gehen!“ und lächelte. Wir hatten noch viele Jahre Kontakt. Aus dem Mädchen, dass viele schon aufgegeben hatten, ist heute eine glückliche und fürsorgliche Mutter geworden.

Ja, ich weiß. Es läuft nicht immer so. Das gehört zur Wahrheit dazu. Aber dies ist kein Einzelfall und ich habe sehr viele solcher Schüler:innen begleiten dürfen. Abgesehen vom menschlichen Aspekt, der noch viel wichtiger ist, lohnt sich jede Anstrengung, jeder Versuch. Und wenn du nur einem einzigen Menschen auf die richtige Bahn hilfst, ist das unbezahlbar. Leider werden die Bedingungen dafür an Regelschulen immer schlechter und die nötige Förderung immer schwieriger. Statt multiprofessionelle Teams aus mehreren Disziplinen einzusetzen, sind Lehrkräfte immer öfter Einzelkämpfer. Wenn man dann gleichzeitig nach einem härteren Strafgesetz schreit, verfehlt man das Thema an der Realität vorbei. Jeder bekommt die Gesellschaft, in die er investiert. Oder eben auch nicht. Das Wichtigste sind unsere Kinder. Warum haben sie keine Lobby?

Hospitation

Unvergessen: Mein Schulleiter an der ersten Förderschule.

Sätze, die ich bis heute eingespeichert habe: „Wir sind Anwalt der Schüler:innen! Wir nehmen jede/n Schüler:in und arbeiten erst mal mit ihr/m, egal, was die Akte oder die letzte Schule sagt."

Worüber ich immer noch lache nach 23 Jahren: Als er von einer Hospitation bei einer Grundschule in der Nähe erzählte. „Die waren ja alle ganz nett da. Und es war alles so ordentlich und überall so schöne Bilder mit Tusche. Als die mich verabschieden, stehe ich da allein im Flur und vor mir 30 Haken mit Namen, darunter 30 Jäckchen und 30 Paar so kleine Schuhe, alle gaaanz akkurat nebeneinander. Das war für mich kaum auszuhalten diese Ordnung. Und wisst ihr, was ich dann gemacht habe? Ich hab die Schuhe alle ganz durcheinander gebracht und bin dann schnell abgehauen."

Duden anders

*Notiz für die Neuausgabe des Duden:

1. Du, er, sie, es, ihr und sie werden gestrichen. Alle heißen Digga. Gefolgt von „ne" mit Fragezeichen.

2. Artikel wie der, die, das, ein, eine können ausgelassen werden. Braucht kein Mensch. („Ich hab Handy gekauft")

3. Präpositionen wie im, auf, während, seit usw. werden gleich mit gecancelt. („Warst du Rewe oder Lidl?")

Kombiniertes Beispiel:

Behauptung: „Ey, ich hab neues Handy, Digga, ne?"

Differenzierte Befragung: „Alter, Digga, Internet oder Stadt, Digga?"

Präzisierung: „Stadt Digga, Angebot, ne?"

4. Wenn man mit Mutmaßungen konfrontiert wird, fragt man nicht mehr übertrieben höflich nach (früher: „Entschuldigen sie, können sie mir sagen, was das Problem ist?"), sondern reduziert die Rückfrage auf drei Wörter, die immer passen: „Was für ich?"

5. Drohungen sind stets körperbezogen. „Ich geb` dir Gehfehler, Digga, ne?" Oder die Mutter wird ins Spiel gebracht. „Ey, der geht auf Mutter!" als Einwand der zunehmenden Unfairness.

6. Um Diskussionen nicht unnötig ausufern zu lassen, oder weil man Zeitaufschub für plausible Argumente benötigt, hat sich die Bemerkung: „Ey, ich schlag dich behindert, Digga!" durchgesetzt. Damit wird ein Rahmen geschaffen, der die weitere Entwicklung des Gesprächs weitgehend in den Entscheidungsspielraum des Gegenübers legt.

Rechtschreibung

Aufgrund des Niedergangs der deutschen Rechtschreibung sowie der Grammatik und des Ausdrucks in den letzten 23 Jahren Schuldienst warte ich eigentlich noch auf den Tag, an dem ich der Klasse eine Deutsch-Arbeit wiedergebe und ein Schüler mit den Worten verhandeln will: „Sag, was ist letzte Zensur?"

Amtsgericht

Warum ihr unbedingt mit eurer Klasse ein Gericht, wie z.B. das Amtsgericht Vechta besuchen solltet? Weil viele Verhandlungen öffentlich sind. Und das ist spannend, lehrreich und manchmal auch ziemlich lustig. So wie letztens.

Richter: „Können sie mir bitte sagen, was sie auf der Party getrunken haben, bevor sie ins Auto gestiegen sind?"

Angeklagte: „Ja, ... also, ich kann mich natürlich nicht genau erinnern, aber ich bin mir sehr sicher, dass es nur ein kleines Gläschen Sekt war. Vielleicht zwei."

Richter: „Okay. Der Blutalkohol-Test hatte ein Ergebnis von 2,8 Promille. Haben sie danach noch etwas gegessen? Vielleicht 5 Kilogramm Mon Chéri? Oder wollen sie vielleicht ihre Aussage überdenken?"

Anwalt flüstert der Mandantin etwas ins Ohr. Anwalt: „Meine Mandantin gibt zu, mehr getrunken zu haben."

Langweilig

In der Zeitung stand, dass man mehrere tote Schwäne auffand. Sie waren mit Steinen beworfen worden und man hatte ihnen die Hälse umgedreht. Es musste gedauert haben. Schwäne verteidigen sich und fliegen nicht unbedingt weg bei Gefahr. Das wurde ihnen zum Verhängnis.

Die ganze Stadt war empört. Wer macht so was? Wenige Tage später konnte man aufgrund eines Zeugen die Täter finden. Das Ganze spielte sich in den 90ern ab in meiner Heimatstadt. Es waren keine Migranten, keine Förderschüler, keine bekannten Tierquäler oder Vorbestrafte. Es waren mehrere Gymnasiasten aus ‚gutem Hause'. Von wohlhabenden Eltern mit tadellosem Ruf. Firmenbesitzer. Einer von den Jugendlichen war bei uns in der Clique bekannt. Immer Geld. Immer die besten Turnschuhe. Nur Markenklamotten. Sie hatten an dem Tattag die Schule geschwänzt. Sie gaben alles freimütig zu, denn durch ihre Anwälte wussten sie schon, dass ihnen außer einer Geldstrafe nicht viel drohte. Nach ihrem Motiv für die grausame Tat gefragt gaben sie zu Protokoll:

„Uns war langweilig."

Jugendzentrum

Ein ehemaliger Kollege hat früher in den 90ern nebenbei ehrenamtlich in einem Jugendzentrum gearbeitet und sich dort sehr stark engagiert. Immer wieder trieb sich dort ein junger Erwachsener herum, der für Ärger sorgte. Es gab den Verdacht, er würde dort Drogen an die Jugendlichen verticken. Mehrfach sagte man ihm, er sei nicht erwünscht. Doch er fand immer wieder Wege, Jugendliche anzusprechen. Eines Tages bekam mein Kollege mit, wie er einigen Jugendlichen Pornos der ekligeren Art verkaufen wollte. Er stellte ihn zur Rede und forderte ihn auf, das Gebäude zu verlassen. Der weitaus größere und kräftigere Typ verpasste ihm daraufhin einen heftigen Schlag ins Gesicht, worauf mein Kollege mit voller Wucht auf den Boden fiel. Alle standen schweigend um die Szenerie herum und keiner traute sich, irgendetwas zu tun. Der Typ stand Fäuste schwingend da. Mein Kollege rappelte sich wieder auf, nahm die Tüte mit den Videos, drückte sie dem Typen in die Hand und sagte fest entschlossen: „Und du gehst doch!" Einen Moment lang, so schilderte es mein Kollege, wusste der Typ nicht so ganz, was er machen sollte. Dann guckte er in die Runde, aus der nur verachtende Blicke kamen. Vielleicht spürte er, dass der ganze Raum gegen ihn war. Er spuckte noch ein paar Drohungen aus, verschwand und wurde dort nie mehr gesehen.

Für das, woran man glaubt, einzustehen, auch wenn es bedeutet, im Zweifelsfall Schläge zu kassieren, macht man nicht jeden Tag. Trotzdem wieder aufstehen und weitermachen auch nicht. Ich habe bis heute den höchsten Respekt für diesen Kollegen, der nebenbei ein ausgezeichneter Lehrer ist. Die folgende Geschichte handelt von einer Unterrichtsstunde bei ihm.

Manuel

Vielleicht die beste Schulstunde, an der ich je teilnehmen durfte. Ich war 26 und hatte als sogenannter Integrationshelfer einen Klassenlehrer drei Jahre unterstützt. Die Klasse damals: sechs Jungen, drei Mädchen zwischen 14 und 16 Jahren alt, Förderbedarf emotionale und soziale Entwicklung. Alles ganz harte, coole Gangster. Der Klassenlehrer war zu diesem Zeitpunkt seit 16 Jahren dabei, vorher in der Jugendarbeit, davor arbeitslos, weil es tatsächlich mal zu viele Lehrkräfte gab und gleichzeitig in der Kommunalpolitik tätig.

Die Stunde geht los. Der Lehrer wirft mit dem Projektor einen Namen an die Wand. Was darunter steht, ist abgedeckt. Es ist ein männlicher Name.

Lehrer: „Was erfahren wir über diese Person?"

Schüler: „Das ist ein Mann. Und er heißt Manuel."

Schülerin: „Oder ein Junge. Du weißt ja nicht wie alt."

Anderer Schüler: „Oder ein Baby!" (Lachen)

Lehrer: „Okay."

Lehrer deckt mehr auf. Es erscheint ein ganzer Satz: „Sonne in unserem Herzen"

Lehrer: „Und nun?"

Schüler: „Es ist gutes Wetter, Sonne und so."

Anderer Schüler: „Quatsch! Im Herzen. Das hat nichts mit dem Wetter zu tun."

Schülerin: „Da liebt jemand wen!" (Alle: Ooh! Aah! Lachen)

Lehrer: „Ja. Sehr gut."

Langsam sind auch die unbeteiligten Schüler:innen interessiert und neugierig. Der Lehrer zieht das Deckblatt weiter nach unten.

Der nächste Satz: „Du warst mein Schatz."

Schülerin: „Ich sag ja, das ist so eine Art Liebesbrief."

Schüler: „Ja, da haben sich zwei verliebt."

Andere Schülerin: „Eine Person liebt diesen Manuel. Vielleicht ist es auch die Mutter."

Lehrer: „Wie kommst du darauf?"

Schülerin: „Weiß nicht. So was sagt kein Jugendlicher. Hört sich nach Mutter an. Und der Manuel ist der Sohn, weil so heißen ja viele in unserem Alter." (Zustimmendes Nicken)

Lehrer: „Wir werden sehen." (Zieht das Blatt weiter runter)

Zwei weitere Sätze: „Du hast dich entschlossen zu gehen. Wir werden uns wiedersehen."

Schüler: „Der Manuel hat keinen Bock mehr auf seine Mutter gehabt und ist ausgezogen."

Anderer Schüler: „Aber ist nicht so schlimm. Ohne Streit, weil, die sehen sich bald wieder."

Lehrer zieht das komplette Deckblatt weg. Jetzt ist eine schwarz umrandete Anzeige zu sehen. Ein Geburtsdatum und ein Datum mit Kreuz.

Schülerin: „Manuel ist gestorben.... der ist, der ist.... er ist nur 19 Jahre alt geworden."

Die Schüler:innen murmeln und stellen Vermutungen an. Der Lehrer wartet, bis Ruhe ist. Die Schüler:innen gucken ihn fragend an.

Lehrer: „Die Anzeige ist von heute Morgen. Manuel war vor drei Jahren ein Schüler dieser Schule. Mein Schüler. Er hat hier seinen Abschluss gemacht. Und nicht irgendeinen Abschluss, sondern er war richtig gut. Manuel war mein Bester! Er hatte einen Ausbildungsplatz und war auf einem guten Weg."

Die Schüler:innen sind verwundert. Fragen, was passiert ist. Warum Manuel so früh gestorben ist. War er krank? Hatte er einen Unfall?

Lehrer: „Manuel war eigentlich völlig in Ordnung. Leider war er aber kriminell und hat immer wieder Dinge geklaut. Vor einiger Zeit kam er auf die Idee, ein Auto zu klauen. Er ist dann auf die Autobahn gefahren und hat Vollgas gegeben. Dann hat er einen Polizeiwagen überholt. Und die haben die Verfolgung aufgenommen. Doch trotz Blaulicht hat Manuel nicht angehalten. Warum, das weiß man nicht. Ich kann nur vermuten. Schüler: „Der wollte sich nicht schnappen lassen."

Lehrer: „Ja vielleicht. Vielleicht geriet er auch in Panik. Es kam darauf zu mehreren Unfällen und Karambolagen. Die Polizei ließ die Autobahn ein gutes Stück weiter sperren und verstellte Manuel den Weg. Jetzt hätte Manuel einfach aufgeben sollen..."

Die Schüler:innen kleben mittlerweile an den Lippen des Lehrers. So wie ich auch.

Lehrer: „Manuel ist durch die Sperre gefahren. Dabei wurden Polizisten verletzt. Allerdings war das Auto, dass er geklaut hatte auch nicht mehr in Ordnung. Es rollte noch etwas weiter und dann stieg Manuel aus. Er zog eine Waffe. Später stellte sich heraus, dass es eine Schreckschusspistole war. Warum er damit los feuerte, kann sich keiner erklären. Manuel wurde von mehreren Kugeln getroffen und war sofort tot (Der Lehrer hat mittlerweile Tränen in den Augen). Das alles stand natürlich schon neulich in der Zeitung. Keiner weiß, warum das passierte. Ich habe heute Morgen die Anzeige gesehen und mir gedacht, dass euch das interessiert. Was lernen wir daraus?"

Es folgte eine Stunde über Chancen im Leben, ob und wie man diese nutzt, dass es keine Garantien gebe für niemanden oder dass man mit wenigen Fehlern sein eigenes Leben und das anderer zerstören kann. Die Schüler:innen erzählten viel und sehr offen über eigene Erfahrungen.

Ich habe später einmal versucht, diese Stunde zu reproduzieren. Sinnlos. Manche Inhalte funktionieren nur, wenn du emotionalen Zugang hast. Aber seitdem sammle ich jede Geschichte, jedes Erlebnis, jede bewegende Erfahrung (was im Übrigen auch ein wenig das Zustandekommen dieses Buches erklärt) und mache für meine Schüler:innen immer wieder Abstecher weit weg vom regulären Unterricht. Und das sind häufig die schönsten Stunden. Oft kann man die Inhalte sogar mit dem Lehrplan verbinden und in einem anderen oder größeren Zusammenhang darstellen. Natürlich hieß der Betroffene nicht Manuel und natürlich lief die Stunde nicht im Wortlaut so ab. Dafür ist es zu lange her und die Einzelheiten kann ich nicht erinnern. Fakt ist, dass dieser Schüler aus dem benachbarten Landkreis viel zu jung gestorben ist, obwohl gerade alles in seinem Leben scheinbar gut lief. Der Fall hinterlässt viele Fragen, über die es sich lohnt nachzudenken. Die Antworten darauf muss jede/r für sich finden.

Anlasslose Kontrolle

Der Streifenwagen vor uns zeigte an, dass wir bei nächster Gelegenheit rausfahren sollten. Mein Kollege und gleichzeitig Fahrer blinkte und fuhr von der Autobahn auf einen kleinen Parkplatz. Er hatte es schon geahnt, als die Cops uns überholten und war nun sichtlich nervös, als die beiden Beamten ausstiegen und im Rückspiegel auf uns zugingen.

Basti, 23 Jahre alt, hatte mich heute netterweise mitgenommen, weil meine Karre in der Werkstatt war. Da es ein langer Tag war mit Dienstbesprechung und Konferenz, war ich froh, jetzt am späten Nachmittag, mit ihm zu fahren und nicht im Zug mit meinem Fahrrad zu sitzen. Basti war seit ca. eineinhalb Jahren bei uns. Ein sogenannter Integrationshelfer, der Sonderpädagogik studierte und sich bei uns etwas dazu verdiente. Geld für praktische Erfahrungen. Besser geht es nicht. Ich mochte Basti sehr gerne. Man konnte sich auf ihn verlassen, die Schüler mochten ihn, und da er außerdem eine Ausbildung als Tischler hatte, machte ihm in der Werkstatt keiner was vor. Einmal prügelten sich zwei Schüler auf dem Hof. Schneller als ich gucken konnte, hatte Basti mir seine Brille in die Hand gedrückt und ging dazwischen. Der Kampf war in fünf Sekunden beendet.

Er war mit seinen 23 Jahren ein richtiger Typ und passte damit optimal zum Rest des Kollegiums. Auch rein äußerlich. Tattoos, Ringe, Klamotten. Er hätte glatt als Streetworker in Neukölln durchgehen können. Sein großes Hobby: Reptilien. Sein komplettes WG-Zimmer war voll davon. Schlangen, Echsen, ein Chamäleon und auch handtellergroße Spinnen. Meine Kinder waren begeistert und durften bei einem Besuch mehr von den Tieren anfassen, als ich mich getraut hätte. Wenn in der Stadt irgendwo eine Schlange herumkroch, wie einmal im Lidl, riefen die Behörden Basti. Keiner sonst wusste mit einem Blick so gut, ob das Tier harmlos oder eventuell tödlich giftig war. Aber die gleichen Polizisten, die ihn für so was schätzten, machten ihn jetzt ganz kribbelig. Ich wusste, dass er bereits mehrfach schlechte Erfahrungen bei anlasslosen Kontrollen gemacht hatte und jeweils länger als nötig festgehalten oder durchsucht worden war. Er hatte überhaupt nichts gegen Polizisten, aber seine Vermutung, nur aufgrund seiner äußerlichen Erscheinung oft angehalten zu werden - auf dem Rad, zu Fuß, im Auto - ging ihm ziemlich gegen den Strich.

Jetzt stand der eine Beamte neben dem Fenster, der andere hinterm Kofferraum: „Hallo, allgemeine Fahrzeugkontrolle. Bitte zeigen sie uns mal ihre Papiere!“

Basti zeigte seine Papiere und guckte dabei starr geradeaus.

Cop: „Sie wirken so nervös, Herr Jansen, alles in Ordnung? Haben sie vielleicht was getrunken?"

Basti: „Nein, ich habe nichts getrunken und klar bin ich nervös. Wie würden sie sich fühlen, wenn sie ständig überprüft werden würden?"

Cop: „Verzeihen sie, aber wir machen auch nur unseren Job. Hätten sie was dagegen, wenn mein Kollege mal einen Blick in ihren Kofferraum wirft?"

Basti: „Ja, da hätte ich was dagegen. Aus welchem Grund denn?"

Cop: „Sie verhalten sich ziemlich auffällig, daher."

Basti war innerlich am Kochen. Jetzt meldete ich mich zu Wort: „Entschuldigung, wir beide hatten einen langen Tag in der Schule. Es gab noch eine Konferenz wegen eines Schülers, der wegen gemeinschaftlicher Körperverletzung suspendiert war und mein Kollege hier war als Zeuge und beteiligter Lehrer auch betroffen. Wenn sie nichts dagegen haben und es sonst keine Gründe gibt, würden wir gerne nach Hause."

Natürlich hatte ich mich sehr bemüht, einige nützliche Infos in meine Wortmeldung zu packen, die einem halbwegs aufgeweckten Menschen ins Grübeln bringen sollten. Jetzt guckte der Polizist ins Auto zu mir, als hätte er mich gerade erst richtig wahrgenommen und blickte in das freundliche, entspannte Gesicht eines leger aber normal spießig gekleideten Mittvierzigers, der durchschnittlicher nicht hätte sein können. Er musterte mich einen Augenblick, dann lächelte er: „Und sie sind?"

„Herr Hopper und wir beide arbeiten an der XY-Förderschule mit verhaltensauffälligen Jugendlichen. Sie kennen unsere Einrichtung sicherlich."

Der Freund und Helfer drehte sich zum Kollegen, nickte ihm kurz zu und sagte dann zu uns: „Tut uns leid für die Störung. Wir wünschen angenehme Fahrt weiterhin."

Nach etwa fünf Minuten Schweigen auf der Autobahn sagte Basti: „Danke."

Und ich: „Nee. Nicht dafür. Das war ja jetzt das Allerletzte. Ich hab so was noch nie erlebt. Sonst hätte ich das nie geglaubt.“

Ich war über 40 Jahre alt und das war meine erste anlasslose Kontrolle. Und bis heute auch die letzte. Schon merkwürdig, oder? Ich habe nichts gegen Polizisten, habe einen Bekannten im Verein der selbst Hauptkommissar ist. In jeder Berufsgruppe gibt es Idioten. Wenn ein Müllmann eine Tonne stehen lässt, ist das ärgerlich. Wenn jedoch ein Polizist als Exekutivorgan in diesem Fall immer wieder die gleiche Person offenbar aufgrund ihres Aussehens befragt, verdächtigt und damit labelt, hat das nun mal andere Auswirkungen auf diese Person als eine stehengelassene Tonne. Wisst ihr Bescheid.

Arbeit

Wenn der neue Erstklässler, der kaum in ganzen Sätzen sprechen kann, allein neben der Sandkiste steht, auf einem imaginären Smartphone immer wieder mit dem Finger von links nach rechts wischt und dazu tonlos: „Jetzt nicht Marvin, ... jetzt nicht Marvin, ... jetzt nicht Marvin...“ murmelt, dann gehst du schon mit ein paar Vorurteilen ins erste Elterngespräch, die du nicht für möglich gehalten hättest und bist einfach traurig über die fehlenden Chancen einiger Kids. Und die Arbeit fängt an...

Abgeschoben

1992. Eine Mitschülerin aus Jugoslawien erhält während meines USA-Aufenthaltes im Rahmen eines einjährigen Schüleraustauschs einen Anruf ihrer Mutter: „Bleib da, wenn du kannst! Hier ist Krieg.“ Da meine Gastmutter kurz nach meiner Abreise an Krebs stirbt, kann mein Gastvater, der auch gleichzeitig unsere Austauschgruppe betreut, dafür sorgen, dass sie bleiben kann. Die beiden heiraten, was ihr automatisch die Green Card verschafft.

2001. Suada B., 14, Kosovo-Albanerin, ist seit dem Kleinkindalter in Deutschland. Als Integrationshelfer unterrichte ich sie in einer Kleingruppe in unserer Förderschule. Sie ist leistungsmäßig an der Spitze. Seitdem sie bei uns ist und individuelle Förderung bekommt, gibt es zudem keine Verhaltensprobleme mehr. An der alten Schule war sie ungeduldig, konnte bei Fragen nicht auf die Lehrkräfte warten und wurde manchmal aggressiv und beleidigend. Ich fand schnell einen Draht zu ihr. Wir hatten die gleiche Vorliebe für Deutsch-Rap, insbesondere den von Frauen (‚Doppel X-Chromosom' von Nina MC war gerade raus). Nach einem halben Jahr war klar, dass wir Suada zurückschulen mussten. Sie würde einen guten Hauptschulabschluss machen und es war noch mehr drin. Sie ging in meine Gedicht-AG und hatte ein Gefühl für Sprache, schrieb Gedichte und Songs. Ganz hervorragend. Ein rechtsradikal veranlagter Mitschüler verliebte sich in sie, kam darauf nicht klar und ging schließlich auch in die Gedicht-AG, wo er ungeahnte romantische Qualitäten zeigte. Suada amüsierte sich über ihn und sie wurden ein bisschen Freunde. Es war nicht irgendeine Schülerin. Sie war schon besonders. Und ich freute mich sehr über die Entwicklung. Eines Tages rief Suada bei uns an. Sie könne nicht mehr in die Schule kommen. Ihre gesamte Familie solle abgeschoben werden. Der Krieg sei schließlich lange vorbei. Der Vater, der im Dorf ein angesehener Handwerker und die Mutter, die in der Gemeinde tätig war, suchten Zuflucht beim Pastor im Gemeindehaus. Dieser gab ihnen unbegrenzt kirchliches Asyl. Aus Angst, die Polizei könne jederzeit zugreifen, traute sich keiner raus. Wir schrieben als Klasse einen Brief an die Behörden. Der Bürgermeister gab Interviews und verurteilte das Vorgehen. Die Bewohner des Dorfes stellten sich geschlossen vor die Familie. Die Presse war vor Ort. Es half alles nichts. Suadas Vater wurde festgenommen, als er auf einer Baustelle war. Hätte er nicht gearbeitet, hätte er den Job, der mittlerweile nur noch als Schwarzarbeit erledigt werden konnte - die Arbeitserlaubnis war ihm entzogen worden - auch verloren. Kurz bevor die Familie aufgab und abgeschoben wurde, schrieb mir

Suada noch einen Brief, in dem sie sich für alles bedankte und Angst hatte. Ihre Eltern hatten ihr erzählt, dass in ihrer alten Heimat nichts wäre, was auf sie wartete. Ein zerbombtes Haus, tote Angehörige, Arbeitslosigkeit. Als Suada den Kosovo verließ, war sie vier Jahre alt. Nun musste sie in ein völlig fremdes Land. Ohne Freunde, ohne die Umgebung, die ihr so viel gab und so guttat. Ich habe nie wieder etwas von ihr gehört.

2023: Wir haben eine AFD, die in einigen Bundesländern stärkste Kraft ist, eine CDU, die die Regierung allmählich überzeugt, dass das größte Problem für so gut wie alles hierzulande illegale Migranten sind und einen eklatanten Fachkräftemangel, der zu einem großen Teil aus der Unbeliebtheit Deutschlands bei ausländischen Arbeitskräften resultiert. *Kannst gerne herkommen, um zu arbeiten, aber Staatsbürgerschaft und gleiche Rechte? Wovon träumst du?* Wer sagt, alle hätten die gleichen Möglichkeiten und Chancen, konnte mich damals schon zum Lachen bringen. Integration ist mehr, als andere zu dulden, zu tolerieren. Es ist aktives Handeln, es ist wirkliches Interesse, es ist Teilhabe an ALLEN Bereichen. Und es ist die Einsicht, dass wir am Ende nur eine Welt haben, die wir teilen können. Und müssen.

Wut

Ab und zu liegen Fotos von betroffenen Kindern im Sekretariat. Dann sollen wir uns die angucken für die Kripo. Falls wir wissen, wer es sein könnte. Wir wissen es aber nicht. Bis jetzt noch nie. Es sind alles Opfer von Verbrechen, die im Internet gezeigt werden. Oft lächeln die Kinder. Es sind Jungs und Mädchen. Teils erst im Grundschulalter. Manchmal älter. Ich weiß nicht, was mit ihnen passiert ist. Ab und zu sind Stellen verpixelt. Ab und zu stellt man sich vor, was dort zu sehen wäre. Ab und zu erinnern die Kinder einen an ein Kind, das man kennt. Das eigene vielleicht. Das vom Nachbarn, vom Bruder, der Schwester...

Besonders schlimm ist es, wenn das Kind ein Spielzeug hält oder ein T-Shirt mit Motiv anhat.

Ab und zu verlasse ich die Schule mit einer Gänsehaut und einer nicht zu beschreibenden Wut.

Zukunft

2035. Frühaufsicht wie immer ab 7.30 Uhr. Wir sind zu dritt. 8.00 Uhr. Unterrichtsbeginn. Durch die einfache bauliche Maßnahme, eine Wand zu entfernen, konnten zwei Klassenzimmer kostengünstig zusammengelegt werden. 60 Schüler:innen haben so die Gelegenheit, meinen Frontalvortrag erleben zu dürfen. Gut, dass ich wenigstens ein Mikro samt Verstärker habe. Mein Stimmvolumen hat nach 34 Jahren Unterricht, zahlreichen Erkältungen und anderen Infektionen etwas nachgelassen. Danke an dieser Stelle der Kultusministerkonferenz für die 140 € Zulage. Alle müssen sehr diszipliniert sein. Wenn es zu laut wird oder wenn es zu Konflikten wegen des Sozialverhaltens aufgrund der Enge kommt (man kennt das aus der Massentierhaltung, Stress und so...), müssen die Störenfriede sofort nach Hause. Nicht unser Problem. Schule und Erziehung, das ist schon lange her. Heute schaffen den Abschluss nur die Angepassten. 13.30 Uhr. Pause. Naja, ich darf wegen der Aufsicht in der Mensa ein paar Mal in mein Brot beißen und pinkeln gehen. Vorher aber die Bitte um Abmeldung beim Schulleiter nicht vergessen, der direkt von der KMK eingesetzt wurde. Früher war er beim KSK, Kommando Spezialkräfte oder so. 14.00 Uhr bis 16.30 Uhr. Unterricht. Es war eine gute Idee, das Ganztagsangebot auszubauen bei gleichzeitiger Abschaffung der Teilzeit. So schaffen meine wenigen verbliebenen Kolleg:innen viel mehr Unterricht und das, obwohl ein Drittel im Laufe der letzten zwölf Jahre gekündigt hat, arbeitsunfähig wurde oder frühzeitig verstorben ist. Die Einsicht, dass Eltern in Präsenz wirtschaftlich unentbehrlich sind, hat die 50-Stunden Woche in fast allen

Berufen ermöglicht. Problemlos, da wir zusätzlich eine dreistündige Betreuung nach der Schule anbieten. Heute bin ich damit dran. Da die Kinder das erste Mal heute nach draußen dürfen, ist die Aufsicht für 150 Schüler:innen, alle bis zwölf Jahre alt, auf dem Hof kein Problem. Zumal der Hausmeister und eine studentische Hilfskraft unterstützen. Ältere Schüler:innen dürfen nach Hause. 20 Uhr. Zu Hause gibt es Essen, dass für uns Lehrkräfte gegen eine Gebühr vom bundesweiten KMK-Lieferservice bereitgestellt wird. Ein Nährstoffbrei mit Vitaminen und Eiweiß, der genauso schmeckt wie er in der Matrix aussieht. Nach dem Essen und einer kurzen Unterhaltung mit den anderen Familieneinheiten gehen alle rasch schlafen, um für den nächsten Tag fit zu sein. Ich muss natürlich noch ein wenig den Unterricht planen und mir die morgigen Vorträge durchlesen, die die KMK mir täglich zuschickt. Korrigieren muss ich zum Glück nichts mehr. Alle Klausuren werden automatisch geprüft und bewertet. So brauche ich mir keine eigenen Gedanken zu machen. Das entlastet ungemein und sorgt für absolute Chancengleichheit. Am Ende der Schulzeit werden die fertigen Schülereinheiten passend zu ihren Fähigkeiten aber auch den offenen Stellen optimal zugeteilt. Kranke oder behinderte Einheiten gibt es gar nicht mehr im Schulsystem. Ist einfach zu teuer und aufwändig. Hierfür wurden Verwahr-Sammelstellen eingerichtet mit ähnlichem Personalschlüssel wie in den Schulen. Eltern können gegen ein zumutbares Entgelt (Wirtschaftssolidar-Zuschlag) eine nicht arbeitsfähige Einheit dauerhaft abgeben. Damit gehören Konflikte mit dem Arbeitgeber und die überholte Betreuung durch Fachkräfte der Vergangenheit an. Ich freue mich schon ein wenig auf 2050. Da darf ich in den Ruhestand gehen. Ich bin dann schon 75, kann aber die vollen 5 Jahre von den angesparten Credits leben. Vielleicht muss ich ab und zu aushelfen. Einmal KMK-Lehrkraft, immer KMK-Lehrkraft, so lautet das Tattoo im Nacken. Mit 80 muss dann Schluss sein. Ruhestand heißt dann wirklich Ruhestand. Denn ein Pflegesystem gibt es nur noch für sehr reiche oder systemrelevante Personen wie Politiker...

Wer meint, ich hätte maßlos übertrieben, ... ja, kann schon sein. Dann aber bitte daran denken, was in Schulen während der Pandemie los war.

Und den Umgang der KMK mit Eltern, Lehrkräften und Kindern. Hätte man sich das vorher ausdenken können?

Erste Hilfe

Den Erste-Hilfe-Kurs machen wir im Team alle zwei Jahre. Diesmal mit einem jungen Malteser, vielleicht Anfang 20. Witzig, kompetent und perfekt vorbereitet. Auch auf die manchmal blöden Fragen der Kollegen, die sich natürlich größtenteils nicht vorstellen können, dass ein dermaßen junger Mann über die Lebenserfahrung verfügt, einer Gruppe gestandener Pädagogen noch was beizubringen. Und am Ende sind alle still und es bleibt nur Bewunderung für diesen außergewöhnlichen Menschen, denn einer hat gefragt: „Was war denn für sie jungen Burschen das schönste Erlebnis als Ersthelfer?“ Der Malteser guckt nachdenklich und sagt: „Ich war im Winter an einem See, wo gerade ein fünfjähriger Junge ertrunken war und aus dem Wasser gezogen werden konnte. Ich habe eine Herz-Lungen-Massage durchgeführt bis der Rettungswagen auf dem schwer zugänglichen Gelände war. Fast 30 Minuten lang. Dann kam die Atmung wieder. Später erfuhr ich, dass es wahrscheinlich keine bleibenden Schäden gab. Ich war komplett am Ende und so glücklich. Das werde ich nie vergessen.“ Applaus der Gruppe. Einige haben Tränen in den Augen. Geiler Typ.

„Meine Hoffnung ist, dass nach Corona eine neue Form der Anteilnahme füreinander entsteht."

Herbert Grönemeyer

„Ich sage es mal ganz brutal:
Wir retten in Deutschland möglicherweise
Menschen, die in einem halben Jahr sowieso tot wären."

Boris Palmer

Teil 3

Hopper privat. Gedanken, Geschichten und die grausame Wirklichkeit.

In diesem Teil folgen Erlebnisse, die ich abseits der Arbeit gemacht habe. Teils allein, teils mit der besseren (wortwörtlich, ohne sie könnte ich nicht leben, sie ist wie meine rechte Hand. Und die linke auch. Und noch viel mehr) Hälfte, teils mit meinen bezaubernden Kindern. Mal spannend, mal traurig, dramatisch und voller Rückschläge, aber auch humorvoll. Das Leben eines durchschnittlichen Mannes eben. Das Ganze wird ab und zu durch Gedanken, Träume und Erfundenes unterbrochen. Viel Spaß damit.

Urlaub

In den Urlaub fahren hieß früher für Kinder und Eltern: Belegte Stullen, Obst und Gemüse in Tupper. Ich sehe was, was du nicht siehst. Fünf Kilogramm Kartenmaterial und trotzdem irgendwo in Frankreich nicht weiterwissen. Über Nacht fahren. Mindestens einmal den Ölstand prüfen oder sogar einen Reifenwechsel vornehmen. Völlig fertig aber glücklich ankommen und sich freuen, dass man da ist und ab jetzt nervt keiner für zwei Wochen.

In den Urlaub heute fahren heißt für Kinder und Eltern: Alle 57 km ein McDonald`s oder ein Aral Shop. Google Maps, dass dir schon vorher anzeigt, dass du eineinhalb Stunden im beschissenen roten Bereich stehen wirst, aber dass das immer noch der schnellste Weg ist. In Sechs-Stunden-Etappen Pause machen und Übernachtungen auf All-Inclusive

Flowerpower Campingressorts im nachhaltigen Luxus-Bungalow mit Kinderbespaßung, Kinderpool, Hundedusche und Wellness-Beauty-Bereich nur für Eltern oder wahrscheinlich auch den Hund. Fast geräuschlose Fahrt im klimatisierten, mit Pollenfiltern und 198 Sicherheitssystemen versehenen 300-PS SUV. Und trotz 2000 Liter-Kofferraum doch noch einen Dachgepäckträger drauf und selbstverständlich drei Fahrräder hinten dran. Beim Ankommen gleich das WLAN checken und die nächsten zwei Wochen damit verbringen, Eltern, Freund:innen, Kolleg:innen, Hinz und Kunz mit Fotos und Nachrichten über Insta, X-Twitter und WhatsApp zu versorgen....

Nach ca. zwei Stunden im 5000-Betten Hotel sich erinnern, dass was fehlt, in die Tiefgarage gehen und die Kinder aus dem Auto pulen, die immer noch aufs Tablet gucken und gar nicht gemerkt haben, dass sie alleine sind.

Unerwartet

Wir hatten damals, als die Kinder noch klein waren, einmal eine existenzielle Krise und brauchten jemanden, der auf die beiden nach der Kita für maximal drei Stunden aufpasst. Das hätte vollkommen gereicht. Was soll ich sagen. Sämtliche Kita-Mamis, von denen wir dachten, es sei für sie kein Problem, hatten weder Zeit noch Lust und zeigten dies mit ungeahnter Kreativität beim Ausreden Erfinden. Auch zwei, mit denen wir eigentlich dicke waren. Dachten wir. Da sie immer sagten, wenn mal ein Notfall ist, könnt ihr immer mit uns rechnen. Dann haben wir eine Mutter aus Nigeria gefragt, die wir noch nicht so gut kannten, wo wir aber wussten, dass die beiden Töchter mit unserer befreundet waren. Sie hat sofort gesagt, kein Problem und meine Frau umarmt. Unsere Kinder könnten auch übernachten, wenn es nötig sei und sie fragte zudem nach, wie es uns ginge und ob wir noch weitere Hilfe bräuchten. Diese Geschichte erzählen meine Frau und ich immer sehr gerne, wenn wir Menschen begegnen, die nationalistisch eingestellt sind oder rassistische Ansichten haben. Ja, es ist nur ein einziges Beispiel und sagt nichts Allgemeines aus. Das weiß ich natürlich. Aber es ist schon bezeichnend, dass die etablierten Mittelstands-Mütter aus der Mitte der Gesellschaft uns danach nicht mehr mit dem Arsch angeguckt haben und wir neue Freunde fanden. Ein kleines Lehrstück über Solidarität.

Kino

Frau und ich im Kino. Kaum Besucher. Kurz vorm Film. Drei 15-jährige Gangster kommen als Letzte rein. Setzen sich natürlich direkt vor uns. Handys leuchten, Füße auf die Sitzlehnen vor ihnen, Caps ins Gesicht gezogen. Ich denke: Okay, wenn der Film anfängt, bittest du einfach höflich, dass die ihre Smartphones ausmachen, die so hell leuchten wie der Eiffelturm bei Nacht. Der Film fängt an. Die Jungs werden unruhig, gucken sich um. Einer fragt mich: „Ey, ist das nicht Bullet Train?“

Ich: „Nee, Gesang der Flusskrebse.“

Er: „Was Digga, Gesang was?“

Ich: „Die Verfilmung eines famosen Buches. Buch, ihr kennt das aus der Schule?"

Er zu seinen Bros: „Ey, wir sind im falschen Kino, Digga!“

Alle stehen hektisch auf und sind weg.

Ja. Manchmal lösen sich Probleme auch von allein.

Momente

„Ihr hättet doch abtreiben können, als ihr von der Behinderung erfahren habt, oder?“

„Es ist unser Kind.“

„Ja, aber theoretisch hättet ihr doch...“

„Es ist UNSER Kind!“

Momente, in denen du als Zuhörer schon findest, dass Gewalt zwar keine Lösung, aber eine Option ist.

O du fröhliche

2014. Wir waren mit meinen Eltern (damals 75) und den Kindern (damals sechs und acht) auf dem Weihnachtsmarkt, weil alle außer mir dieses Brimborium toll finden. Nachdem wir etwas gegessen hatten - meine Mutter hatte Camembert mit Preiselbeeren - wollten wir bald gehen. Dann sagte meine Mama, ihr gehe es nicht so gut. Ich sah, dass sie nicht mehr gerade ging und ihr Gesicht war weiß. Meine Frau erfasste sofort die Lage und wir lotsten meine Mutter an den nächsten Tresen, damit sie sich erst mal hinsetzen konnte. Ich bestellte ein Glas Wasser. Dabei stand ich zum Glück hinter meiner Mutter, die auf einmal zusammensackte und vom Hocker kippte. Ich fing sie sofort auf und setzte sie im Glühweinstand auf den Boden mit dem Oberkörper an die Wand. Meine Frau und ich machen beide jobbedingt regelmäßig Erste-Hilfe Auffrischungen, aber wir konnten mit den Symptomen nichts anfangen. Dazu mein Vater, der mit den beiden Kindern völlig hilflos dastand. Während ich bei meiner Mutter blieb, holte meine Frau Hilfe und befahl den Kindern bei ihrem Opa zu bleiben. Ich versuchte mit meiner Mutter zu sprechen, sie etwas zu beruhigen. Doch sie lallte nur noch unverständliche Worte. Nach kurzer Zeit erbrach sie sich und ich konnte nichts weiter tun, als sie sauber zu machen und bei ihr zu sein. Und während wir da am Boden waren, stiegen Gäste des Glühweinstands fortwährend über die Beine meiner Mutter und verzogen das Gesicht. Nicht einer machte Anstalten zu helfen. Im Gegenteil. Als ich die Bedienung um ein paar Servietten bat, um meiner Mutter die Kotze aus dem Gesicht zu wischen, sagte diese: „Nicht, dass sie mir hier alles vollsauen." Nur ein Blick von mir reichte, dann gab sie mir die Servietten. Ich sagte gar nichts, ich hatte genug zu tun. Nach einer gefühlten Ewigkeit kam meine Frau mit Rettungssanitätern, welche zu meiner großen Erleichterung sämtliche Gäste verscheuchten und meine Mutter nach kurzer Bestandsaufnahme auf eine Trage hievten. Wir folgten durch das Gewusel des Marktes bis zum Einsatzwagen und ich schob die Leute, die im Weg standen mit ausgestreckten Armen bei Seite, um das Ganze zu beschleunigen. Dann war meine Mama im Einsatzfahrzeug und wir standen draußen. Wir sahen nichts, wir hörten nichts und mein Papa weinte. Das waren die schlimmsten Minuten. Dann kam ein Rettungssanitäter raus und sagte, meine Mutter sei jetzt stabil, Puls, Blutdruck, alles noch halbwegs in Ordnung. Was los sei, wüssten sie nicht. Meine Mutter müssten sie ins Krankenhaus mitnehmen. Dann waren sie weg. Ich fuhr meine Frau, die Kinder und meinen Papa nach Hause und setzte alle bis auf meinen Vater ab. Wir beide fuhren zum Krankenhaus. Auf der Station warteten wir. Ca. eine Stunde, dann kam ein Arzt. Dieser beruhigte uns. Wir sollten uns keine Sorgen machen, es würden einige Tests anstehen. Dann wüssten sie mehr. Wir sollten nach Hause fahren und am nächsten Tag wieder kommen. Alle schlimmen Dinge, wie ein Schlaganfall z.B., wären ausgeschlossen. Es war 23 Uhr.

Am nächsten Tag rief uns meine Mutter quietschvergnügt aus dem Krankenhaus an. Alle seien so nett, jede Schwester hätte schon ein Scheinchen von ihr bekommen. So wie meine Mutter eben ist. Ich nahm an, sie war bereits auf der ganzen Station bekannt. Der Arzt klärte uns auf: Vor einigen Tagen hätte der behandelnde Arzt die Medikation meiner Mama geändert, dadurch hätten sich die Blutwerte geändert, wodurch sie Kreislaufprobleme bekam. Der Weihnachtsmarkt mit Glühwein und fettem Camembert wären wahrscheinlich der Tropfen gewesen, der noch fehlte. Die Medis würden jetzt neu eingestellt werden, damit so etwas nicht mehr passiert. Puh. Alles nochmal gut gegangen. Nachdem meine Eltern wieder bei sich zu Hause waren, rekapitulierten wir, meine Frau und ich. 1. Im Notfall wären meine Eltern ziemlich hilflos. Da sollte ein Gespräch folgen. Mittlerweile wohnen sie beide in einem Seniorenheim und sind super aufgehoben. 2. Wenn du Hilfe brauchst, halte dich möglichst nicht unter vielen Menschen auf. Du bist verlassen und verloren. Sicher, es gibt auch positive Beispiele, aber das war damals das zweite Mal, dass ich erlebte, wie auf dem Weihnachtsmarkt jemand am Boden lag und keiner half. Alles ist besser als zu gaffen und im Weg rumzustehen. Da bist du unter so vielen Leuten und es könnte jemand sterben. Und keinen interessiert es. Und dabei läuft ‚O du fröhliche'.

Zigaretten

Da sitzen zwei Jungs mit Kippen auf einer kleinen Mauer bei uns im Viertel und grinsen mich an. Sie sind maximal 12 Jahre alt. Manche Dinge kann ich nicht ignorieren. Ich bleibe stehen: „Was sagen eure Eltern dazu, dass ihr raucht?" Einer der Jungs: „Nichts. Und du hast uns auch nichts zu sagen", und grinst noch doller. Beide spucken ungeübt auf den Boden, was aus ihrer Sicht wahrscheinlich provokant wirken soll. Ich sag: „Moment mal, ich kenne deine Mutter noch aus der Grundschule, die wohnt ja hier um die Ecke. Ich klingle mal eben und sag Bescheid." Ich gehe auf gut Glück weiter, ohne mich umzugucken. An der nächsten Straßenecke drehe ich mich kurz um und sehe, wie die Jungs panisch weglaufen. Ich muss innerlich lachen und denke, vielleicht wäre es für mich damals doch ganz interessant in der Theater AG gewesen.

Bums

Die alte Kindergärtnerin von damals. Die hatte ein Hausschwein, eine Stimme wie ein Bierkutscher vom Rauchen und die besten Sprüche, über die sich alle Kinder immer schlapp gelacht haben. Zum Beispiel über Vollkornbrot: „Da ist Bums drinne!"

Schaf

Eheleben. Frau steht im Bad vorm Spiegel und hat schwarzen dünnen Pulli an mit grauem Pullunder drüber. Ich: „Mein kleines Schaf!"

Sie: „Wie bitte?"

Drei Tage später. Im Auto. Es läuft Ed Sheerans ‚Perfect'.

Sie: „Was für ein Gejaule."

Ich: „Was? Den Song wolltest du doch laufen lassen, wenn wir nochmal heiraten."

Sie: „Höchstens, wenn ICH nochmal heirate."

Ich: „Wen willst du denn jetzt noch heiraten?" Pause.

Sie: „Weiß nicht.... vielleicht einen Schafbock?"

Ich: „Wegen neulich? Das war doch lieb gemeint."

Sie guckt verärgert aus dem Fenster und flüstert leise aber hörbar: „Der kann wenigstens den Rasen mähen."

Probleme?

2002. Ich bringe vorm Aldi mit dem Fahrrad Altglas zum Container. Zwischen den Parkplatzreihen steht ein 5er BMW. Ein paar Leute können nicht wegfahren. Zudem steht er so, dass eine alte Dame mit Trolley nicht gut vorbeikommt, um ihr Altglas zu entsorgen. Der Typ damals, Anfang 50 mit Lederweste, entsorgt in aller Ruhe seinen Müll. Durch seine Aktion muss er nur fünf Meter laufen. Praktisch für ihn. Für alle anderen weniger. Seine aufgebrezelte Alte wartet in der Karre, der Motor läuft. Die alte Dame mit dem Trolley guckt mich traurig an und dann zu Mr. Arschloch, der an ihr vorbei guckt. Er ist fertig und geht zum BMW zurück. Keiner sagt was. Ich gehe an ihm vorbei zu meinem Fahrrad und sag zu ihm: „Sehr unhöflich von ihnen, wie sie hier anderen den Weg versperren", und gehe weiter.

Er ruft mir hinterher: „Hast du etwa ein Problem damit?"

Ich drehe mich um, gehe auf ihn zu und checke ihn ab. Wahrscheinlichkeit, dass er kneift nahezu 100%. Ich bin voller Adrenalin, meine Fäuste geballt, ich stehe einen halben Meter vor ihm und ein 28-Jähriger Sportstudent, voll im Saft, guckt auf ihn aus 1,90 m Höhe herab. Ich sag: „Nein, aber ich kann dir mit Sicherheit welche machen."

Er guckt verunsichert zu seiner Frau, grinst verlegen und sagt: „Alles gut, kein Problem..." steigt ein und fährt weg. Die alte Dame kommt zu mir, guckt mich an und sagt: „Ich habe das alles beobachtet und wollte ihnen sagen, dass das richtig gut war, Dankeschön."

Früher

Sehnsüchtig denke ich manchmal an früher zurück, als mich mein Sohn mit ca. drei Jahren sonntags um halb fünf stets mit den Worten weckte: „Papa, du darfst jetzt aufstehen“, und mich erwartungsvoll anguckte. Heute gibt es maximal ein: „Was gibt`s zum Essen, Digga?"

Wortfindungsstörung

Früher ein Familienklassiker. Frau kommt vom Einkauf. Tochter guckt in Einkaufskorb und freut sich: „Macht ihr heute Abend Cockporn?“ „Ja“, sag ich, um Ernsthaftigkeit bemüht. „Nachher machen wir Popcorn.“

Gummibärchen

Tochter kommt von der Grundschule nach Hause und schenkt mir ihren letzten grünen Gummibären. Ihr wisst, was das bedeutet...

Job

Ich vermisse etwas die Zeit, als ich damals mit den Kleinen allein zu Hause war, weil die Frau wieder anfing zu arbeiten und sehr oft die Frage an mich - den Ansprechpartner Nummer Eins für alle wichtigen Dinge - kam: „Papa?“

„Ja…“

„Wo die Mama?“

Ich hab dann immer gesagt: „Mama Job!“ Und irgendwann hat mein Sohn tatsächlich gefragt: „Mama Job?“ Und ich so: „Ja. Mama Job.“ Und mein Sohn so mit Kennermiene: „Ja. Mama Job!“

Bauernhof

Während des Urlaubs auf dem bayerischen Bauernhof vermisse ich die Fünf-Jährige. Da der Bauer nirgendwo zu sehen ist, spreche ich seinen ca. 80-Jährigen, etwas wortkargen Vater an, einen realen Almöhi wie aus ‚Heidi‘, der gerade auf einem Trecker sitzt. „Verzeihung, haben sie meine Tochter gesehen?“

Er guckt mich mit unbewegter Miene an und fragt laut: „Des Ludale?“

Ich bin tief beeindruckt, wie man bereits nach zwei Tagen eine so treffende Analyse aus dem Ärmel schütteln kann.

Vereinssport Teil 1

Als mein Sohn sieben Jahre alt war, ging er zum Judo. Er hatte zwei tolle Trainerinnen und es machte ihm Spaß. Bald kam der erste Wettkampf in fremder Halle. Gleich im ersten Kampf nahm ihn sein Gegner in einen Griff, aus dem er nicht herauskam, und er hätte auf den Boden klopfen müssen, um den Kampf zu beenden. Tat er aber nicht, denn er bekam offensichtlich kaum mehr Luft. Da die Trainerin das nicht sah, unterbrach ich den Kampf lautstark. Mein Sohn hatte Tränen in den Augen, machte aber noch weiter und siegte auch in weiteren Kämpfen. Die Trainerin sagte mir, das gehöre nun mal dazu, und die Kids lernen auch, damit umzugehen. Kann man sehen wie man will. Was mich aber wirklich auf die Palme brachte, war die Mutter des Gegners, der meinen Sohn ja schon auf dem Boden im Würgegriff hatte. Die schrie währenddessen lautstark: „Mach ihn FERTIG!" Überhaupt waren fast nur Mütter in der Halle und es war eine aggressive Stimmung, die ich völlig überzogen und unnötig fand. Muss das sein? In dieser Altersklasse? Und da fiel mir auf, dass es eben auch Mütter sind, die ihren kleinen Schatz zum harten Mann machen wollen. Und so basteln wir alle als gesamte Gesellschaft an Bildern, die möglicherweise in Richtungen laufen, die zu nichts Gutem führen. Ich hatte Judo immer gemocht als Kind.

Vereinssport Teil 2

Ich feiere meine Tochter. Nachdem sie zuletzt kaum spielen und sich abfällige Bemerkungen von ihrer Trainerin anhören durfte, hat sie jetzt selbst den Fußball-Verein gekündigt. Mit den geschriebenen Worten: „Ich trete aus dem Verein aus, weil es keinen Spaß macht und ich dich nicht leiden kann." Danach hat sie die Trainerin auf WhatsApp geblockt. Meine Frau: „Naja, wenn sie Fragen hat, kann sie mir ja schreiben.“

Ich: „Ich glaube, da sind keine Fragen mehr offen.“ Wir lachen. Tochter gibt mir Check. Wir sind froh, dass sie da raus ist. Aus Gründen.

Motivation

Einer Lehrkraft, die statt einer Drei eine Vier gibt wegen der Motivation, würde ich ja gerne statt 4000 € nur 3000 € Gehalt auszahlen. Wegen der Motivation. Zum Beispiel für möglichst gerechte Zensuren entsprechend der Leistung. Ohne Psycho-Schwurbel.

Frau Rottenmeier

Jetzt kann ich es mal sagen. Meine Tochter hatte eine beschissene Lehrerin in der Grundschule. Es fing harmlos an mit einem Eintrag ins Mitteilungsheft: „Ihre Tochter leckt am Klebestift.“ Meine Frau antwortete: „Danke für die Info.“ Ich wollte erst schreiben: „Haben sie auch schon mal probiert?“ In der zweiten Klasse wurde ein Fahrrad beschädigt. Unsere Tochter war am Morgen mit ein paar Freundinnen dort in der Nähe. Ratet, wer angerufen wurde. Unsere Tochter wusste gar nicht, worum es ging und wir schickten eine Mail: „Wir verbitten uns weitere Verdächtigungen.“ Ich mach`s kurz. Wir baten irgendwann um ein Gespräch mit der Schulleitung und der Lehrerin. Die zog dann während des Gesprächs einen Notizblock hervor und fing an vorzutragen: „Ihre Tochter hat am 17.07. um 9.23 Uhr im Unterricht von ihrem Pausenbrot gebissen, am 28.09. im Sport einen Jungen geschubst ...und so weiter.

Aber wir hatten das erwartet und einen Plan. Meine Frau saß mit zusammengebissenen Zähnen da. Sie hatte mir versprechen müssen, nichts zu erwidern. Denn an diesem Tag schlug meine Stunde. 20 Jahre Gesprächsführung mit schwierigen Eltern. Die eine Sache, in der ich richtig gut bin. Wir ließen sie komplett ausreden. Ich fragte, ob sie fertig sei, was sie bejahte. Dann guckte ich die Schulleiterin an und sagte sehr freundlich und mit ganz besorgtem Ton: „Wenn das Verhalten unserer Tochter solche negativen Ausmaße hat, sollten wir zusammen darüber nachdenken, wie wir ihr helfen könnten. Es geht hier nicht um uns Erwachsene. Es sollte immer um die Schülerin gehen. Das ist der pädagogische Auftrag und unsere Arbeit." Die Schulleiterin nickte eifrig angesichts dieser offensichtlichen Bemühung um Zusammenarbeit und fragte: „Haben sie konkrete Vorschläge." Nun aber wollte Frau Rottenmeier angesichts ihrer zunehmenden Bedeutungslosigkeit eingreifen. Die Gesichtszüge waren ihr entglitten. Unter dem Tisch stupste ich meine Frau an. Zeichen für: Warte ab! Die Schulleiterin sagte zu Rottenmeier: „Lassen sie bitte Herrn Hopper ausreden. Er hat sie auch ausreden lassen." Rottenmeier verzog das Gesicht. Ich antwortete: „Ich finde, wenn die Lehrer-Schüler-Beziehung so beschädigt ist, wie hier zu hören war, sollte insgesamt der Druck herausgenommen werden. Das ist wie bei einem Fahrradschlauch, der sonst platzt. Wollen wir das? Ich denke, unserer Tochter würde es guttun, wenn wir über einen Klassenwechsel nachdenken." Diese Idee fand die Schulleiterin super. Es gäbe tatsächlich einen freien Platz in einer anderen Klasse (das wussten wir schon vorher). Wir verabschiedeten uns mit der Einigung, die andere Klassenlehrerin solle gefragt werden. Diese hatte unsere Tochter im Kunstunterricht (was wir wussten) und kam gut mit ihr aus. Rottenmeier war richtig schlecht drauf. Ihr Versuch, uns vor ihrer Chefin schlecht aussehen zu lassen lief ins Leere. Meine Frau war froh, dass sie nichts an Vorwürfen erwidert hatte. Es wäre zu Ausschreitungen gekommen. Am nächsten Tag rief uns die Kunstlehrerin an. Sie würde sich sehr freuen, wenn unsere Tochter zu ihr in die Klasse käme. Sie sei ein sehr kreatives, aufgewecktes und ehrliches Kind! Der Spuk war beendet und nach zweieinhalb Jahren war unsere Tochter erlöst von Rottenmeier, die sich sofort das nächste Kind suchte...

Zeit

Früher hatten wir ein Zelt, dann einen Wohnwagen. Demnächst kommen die Kinder nicht mehr mit.

Alles hat seine Zeit.

Und es ist gut so.

Bald machen sie einen Abschluss, vielleicht eine Ausbildung, sie werden ausziehen und auf eigenen Füßen stehen.

Alles hat seine Zeit.

Und es ist gut so.

Der Hund wird sterben. Meine Tochter wird untröstlich sein.

Wenn uns klar wird, dass es heißt: Ab jetzt wieder Tag eins zu zweit werde ich wahrscheinlich eine Träne weinen. Oder auch zwei.

Alles hat seine Zeit.

Und es ist gut so.

Meine Eltern werden irgendwann folgen. Sie haben es mit mir so gut gemacht, wie sie konnten. Wie alle Eltern. Und für den Jahrgang 1938 sicherlich hervorragend. Ich hoffe, ich werde meine Kinder mehr in Ruhe lassen, wenn sie selbstständig sind. Kann ich es versprechen? Nein.

Alles hat seine Zeit.

Und es ist gut so.

Ich werde mich in andere Bereiche zurückziehen. Nach einem Vierteljahrhundert an vorderster Front. Mich mehr um Freunde und Familie kümmern. Es kommen neue, junge Pädagogen, die eine andere Verbindung zu der nächsten Generation haben. Vielleicht möchten sie Beratung, vielleicht nicht.

Alles hat seine Zeit.

Und es ist gut so.

Mein Onkel, 78, hat neulich gesagt, es werde langsam Zeit, dass die alten Säcke, so wie er, jetzt auch mal ins Gras beißen. Bald bin ich selbst ein alter Sack. Wir sollten der jüngeren Generation zuhören und sie ernst nehmen. Auch, wenn die Älteren es mit uns vielleicht nicht immer so gemacht haben.

Alles hat seine Zeit.

Und es ist gut so.

Ich möchte nicht in einer Zukunft abtreten, in der die Menschen nicht im Mittelpunkt stehen. In der es nicht mehr um Frieden, Respekt und Liebe geht. Sondern um Macht, Ressourcen und den Kampf darum. In der man nicht bereit ist, zum eigenen Nachteil zu teilen, sondern zum eigenen Vorteil andere sterben zu lassen. Wo die Bilder des Schreckens mit Gleichgültigkeit und philosophischen Sprüchen beim Cappuccino kommentiert werden. Wo Nationen, Kulturen, Religionen nicht miteinander leben, sondern zusammen sterben werden. Wo Fortschritt und Wissenschaft durch Barbarei und persönliche Glaubenssätze ersetzt werden, weil die Realität nicht mehr populär, sondern der Populismus Realität geworden ist.

Ich werde dafür kämpfen. Auch wenn es nur eine winzige Stimme ist. Bis sie verstummt.

Alles hat Zeit.

Und es ist gut so.

Schön, dass ihr hier seid. Schön, dass es viele Stimmen sind.

Wir SIND mehr!

Liebe

Wir mögen die Humorvollen, aber nicht zu albern bitte.

Wir mögen die Flexiblen, aber nicht zu wankelmütig bitte.

Wir mögen die Sportlichen, aber nicht gleich besessen bitte.

Wir mögen die Hübschen, aber nicht aufgedonnert bitte.

Wir mögen die Netten, aber nicht anbiedern bitte.

Wir mögen die Schlitzohren, aber nicht die plumpen Lügner.

Wir mögen die Klugen, aber nicht die Überflieger.

Wir mögen das Kindliche, aber bitte nicht die Kindischen.

Wir mögen die Zielstrebigen, aber nicht die Harten.

Wir mögen das Zarte, aber nicht die Weicheier.

Wir mögen die Emotionalen, aber nicht die Weinerlichen.

Wir mögen die Kreativen, aber nicht die Verrückten.

Wir mögen die Selbstbewussten, aber nicht die Selbstgerechten.

Wir mögen die Genauen, aber keine Pedanten.

Wir mögen die Gerechten, aber bitte sei kein verdammter Jesus!

Doch wenn ich dich liebe, wahrhaftig von ganzem Herzen liebe, dann sei bitte eifersüchtig, egoistisch, zickig, launig, blöde, kindisch, albern, stolz und eitel, unverschämt und beleidigt, stur und peinlich.

Wenn das ein Teil von dir ist.

Dann liebe ich dich ganz oder gar nicht. Du bist so viel mehr als die Summe deiner Eigenschaften.

Die einzige Bedingung von Liebe ist wohl, dass sie bedingungslos ist.

Der Schornsteinfeger

Der Schornsteinfeger war da.

Der Schornsteinfeger war sehr freundlich.

Der Schornsteinfeger machte einen sehr kompetenten und professionellen Eindruck.

Der Schornsteinfeger erzählte uns, wie andere Schornsteinfeger schon während der Ausbildung ab und an milde lächelten.

Der Schornsteinfeger wollte aber nie was anderes machen.

Dann verabschiedete sie sich.

Wir sind jedenfalls sehr froh über unsere neue Schornsteinfegerin.

Geld

War neulich bei einem Kumpel. Er wohnt in einem Altbau im Dachgeschoss in einer kleinen bescheidenen Wohnung. Wenn man aus einem der Fenster guckt, kann man ins Wohnzimmer einer Stadtvilla schauen, in der ein Arzt wohnt, der seit langem mit einer leicht jüngeren Studentin verheiratet ist. Porsche Cayenne vor der Tür und Haus von den Eltern geerbt. Mein Kumpel sagt: „Ich hab früher immer gedacht, so reiche Leute, die leben ganz besonders und machen auch ganz besondere Dinge. Aber weißt du, was die machen, wenn der abends nach Hause kommt? Die sitzen einfach nur auf dem Sofa und gucken TV. Genau wie ich. Okay, das Sofa ist schicker und der TV ist größer. Aber die machen das gleiche wie ich. Bin schon ein wenig enttäuscht, muss ich sagen. Ich dachte mit mehr Geld lebt man schöner..."

Mein und Dein

Ich kenne so einige Leute, die genau wie ich, in der Wirtschaftsblase der 70er, 80er und 90er aufgewachsen sind, alles haben, was man sich für ein glückliches Leben wünschen kann und unentwegt jammern. Darüber, was sie sich nicht leisten können, wo Ulf von nebenan im Urlaub war, dass Walter einen Touareg fährt, dass Sabine als Kieferorthopädin ein Schweinegeld verdient und dass Stefan als Anwalt in einer großen Kanzlei ausgesorgt hat. Sie können nicht einen Moment entspannen, genießen und dankbar sein, sie vergleichen sich stets nach oben und Menschen, die wenig bis gar nichts haben, empfinden sie allenfalls als Bedrohung. Sie drängeln sich überall vor, fahren nur wohin, um anderen davon erzählen zu können und spenden exakt nichts und nie. Was auf der Welt passiert, ist weit weg und hat mit ihnen nichts zu tun. Sie kennen die Bundesliga-Ergebnisse und wissen, welcher Promi mit wem gebumst hat. So leben sie Jahrzehnte schon und werden genauso sterben. Sie hinterlassen vielleicht eine Erbschaft aber keine Bedeutung. Nur Kinder, die sich um das Haus und den Aktienfonds prügeln. Ich hasse alles daran.

Paradies

Kennt ihr Tokelau? Der Inselstaat, bestehend aus drei Atollen, ist die letzte Kolonie Neuseelands und schwerer zu erreichen als die Antarktis. Erst in den 90er Jahren gab es dort Telefon. Als die ersten Rechnungen eintrafen, hatten einige Bewohner schon mehrere Monatsgehälter verbraten. Nördlich von Samoa im Pazifik gelegen, leben dort ca. 1500 Einwohner. Tendenz abnehmend. Denn leider wird der Klimawandel dafür sorgen, dass Tokelau sehr wahrscheinlich bald verschwindet. Wer wegzieht, tut das meist für immer. Schade, denn Zusammenhalt und Humor werden von der Gemeinschaft großgeschrieben. Gearbeitet wird nicht für die Familie, sondern für alle. Und die angesehensten Alten kennen die besten Kalauer. Es gibt kein Gefängnis, keine Autos, kein TV und auch keinen Hafen, was das Ankern schwierig macht. Nur alle zwei Wochen ist der Zugang per dreitägiger Schifffahrt möglich. Denn auch einen Flughafen gibt es nicht. Trotz aller Schwierigkeiten ist den Bewohnern Selbstbestimmung sehr wichtig. Und akute Probleme werden gemeinsam angegangen. Die Einfuhr von Junkfood, Softdrinks und Süßigkeiten wurde stark eingeschränkt, da die Fettleibigkeit ein großes Problem wurde. Die Zuckerverträglichkeit ist in diesen Breiten, ähnlich wie auf Samoa oder Hawaii, nicht gut. Seit 2020 ist es gesetzlich verboten zu rauchen. Eine radikale Entscheidung, die zu Gunsten der Gesundheit der Gemeinschaft getroffen wurde. Mit Sicherheit würde hier keiner die FDP wählen. Um Regelbrecher zu bestrafen, wurden sie früher mit einer Angelschnur auf ein Kanu gesetzt. Gott sollte entscheiden, ob jemand das 1000 km entfernte Tuvalu erreicht oder die Haie ihn fressen. Heute ist es relativ human: Steine schleppen, um das Atoll gegen den steigenden Meeresspiegel zu sichern. Ich finde, eine gute Regelung für Klimasünder wäre das. Ich weiß nicht viel über Tokelau. Nur das, was ich gelesen habe. Aber das finde ich durchaus sympathisch.

Den Troll betreffend

Sehr geehrte/r Herr/Frau Troll,

Ihr Kommentar „typisch Lehrer, wollen schnell ins Wochenende“ auf einen geschriebenen Beitrag, in dem ich einem Schüler sagte, er dürfe einen Tag zu Hause bleiben, weil sein geliebter Opa im Sterben liegt, brachte mich zum Nachdenken. Nicht speziell über sie, eher über ihr Dasein an sich im Allgemeinen. Ich nehme schon mal vorweg, dass ich etwas für sie empfinde. Es ist aber kein Ärger, keine Wut und erst recht kein Hass. Nein, es ist Traurigkeit und Mitleid. Warum? Ich stelle mir vor, ihr Partner kommt nach Hause mit einer neuen Frisur und erwartet konstruktives Feedback. Sie sagen: „Schade, dass dein Friseur keine Gesichts-OP macht." Oder ihre Tochter berichtet voller Freude, dass sie endlich eine Drei in Englisch geschrieben hat. Ihr Kommentar: „Na und. Du findest sowieso keine Arbeit, die Welt ist beschissen."

Im Prinzip sind sie ein sehr freier Mensch, könnte man denken, der nur völlig enthemmt das ausspricht, was wahrscheinlich sowieso viele denken, bevor sie sprechen. Ja, sie sind frei. Frei von echter Freundschaft, von Empathie, von Liebe. Und es verwundert ja nicht. Dann ist die Welt beschissen. Wenn sie eines Tages nach Hause in eine leere Wohnung kommen und ihre Frau die Kinder und die Kaffeemaschine mitgenommen hat, weil sie endlich entdeckt hat, dass unter der schroffen Schale einfach nichts ist, wird ihre Außenwelt so sein wie ihr Inneres. Und das ist doch eigentlich sehr traurig.

Offensichtlich aber nicht genug für sie. Ich denke dann, vielleicht haben sie daher die sozialen Medien entdeckt. Endlich im Minutentakt wahllos austeilen, die ganze angestaute Wut rauslassen und allen zeigen, aus welchem Holz sie geschnitzt sind. Und das, ohne direktes Gegenüber, ohne tatsächlich in den Konflikt zu gehen. Und wenn einer verbal aufmuckt, ihm zurückschreiben, dass man 1,90 m groß und 100 kg schwer sei und ihn kurz und klein hauen könnte oder im Falle einer weiblichen Person noch Schlimmeres. Dinge, die sie sich in der Öffentlichkeit, im Supermarkt, während einer Theateraufführung nicht trauen würden. Ich kann ihnen versichern, auch mit 1,90 m und 100 kg, wo man wahrscheinlich die meisten einfach verprügeln könnte, braucht es mehr Mut, mehr Eier, einen Fehler zuzugeben, um Verzeihung zu bitten oder eine helfende Hand zu reichen.

Ich würde ihnen daher gerne meine reichen. Nicht hier auf dieser Plattform, denn hier sind sie ja nun geblockt. Nein ganz allgemein und wann immer wir uns im Real Life begegnen. Weil das auch Wirkung hat. Weil sie mich sehen und vielleicht als echten Menschen mit echten Gefühlen wahrnehmen. Dann würde ich sie fragen, ob sie in einem Naturschutzgebiet Pflanzen herausreißen, auf Gelege treten oder ihren Müll entsorgen würden und warum sie das Gleiche mit ihren Mitmenschen machen? Dann können sie ehrlich antworten und mir sagen, dass dieser

Brief viel Blabla ist und man das auch viel kürzer sagen könne, typisch Lehrer mal wieder. Und ich könnte mich endlich von Angesicht zu Angesicht ganz kurzfassen und ihnen einfach sagen: „Arschloch!“

Selbsthilfegruppe

Neulich bei den anonymen Autofahrern...

„Hallo, ich bin der Christian und ich fahre Porsche.“

Alle: „Hallo Christian.“

Christian: „Ich hab`s mit der Bahn versucht, aber irgendwann hab ich mich dabei ertappt, wie ich nicht mehr mit dem Fahrrad zum Bahnhof bin, sondern in den Porsche stieg. Das war der Anfang vom Ende. Jetzt bin ich so wütend, dass ich nicht durchgehalten habe.“

Wolfgang (Gruppenleiter): „Danke Christian. Ich finde, dass kann hier jeder nachvollziehen. Es ist mutig von dir, so ehrlich zu sein.“

Volker: „Mein Name ist Volker. Ich fahre einen 500-PS SUV... (Gemurmel, zustimmendes Kopfnicken in der Runde) Ich bin hier, weil ich nicht weiß, wie ich sonst meine Nachbarn und Kollegen beeindrucken kann. Wie verdammt nochmal soll man das in einem Land schaffen, wo an jeder Ecke große mächtige Autos stehen? Ich weiß, ich bin schwach. Aber auch dankbar, dass ich hier sein darf. Ich will nicht aufgeben.“

Wolfgang: „Danke Volker. Ich muss dazu sagen, Volker ist schon lange hier und hat es nicht einfach gehabt. Als ehemaliger Mitarbeiter bei Audi bekam er teils 30% Rabatt. Er hat den ersten Schritt getan und ist dort ausgestiegen!“ (Zwischenrufe: „Super Volker! Gib nicht auf Volker!“ Einzelnes Klatschen.)

Christoph: „Ich bin der Christoph. Ich bin ganz neu hier. Und ich habe ein Problem. Die ganze Woche läuft bei mir alles normal, aber immer am Samstagnachmittag steige ich in meinen Lamborghini, muss mindestens eine Stunde durch die Innenstadt fahren und drehe die Bose-Anlage voll auf. Es ist wie ein Zwang. Alle gucken mich böse an und schütteln mit dem Kopf. Weil ich nicht weiß, wie ich reagieren soll, lächle ich wie so ein Idiot. Ich hoffe, diese Runde hilft mir."

Wolfgang: „Einen Applaus für Christoph bitte. (Klatschen). Christoph, du hast wirklich einen schlimmen Leidensweg hinter dir. Vergiss bitte nicht, den ersten Schritt zu Fuß und ohne Auto musst du aber selbst tun. Auch wenn es jetzt noch unmöglich scheint."

Christoph: „Danke Wolfgang."

Wolfgang: „Wir danken dir Christoph."

Die letzte neue Teilnehmerin stellt sich vor: „Hallo. Ich bin die Gertie. Ich bin alleinerziehend, habe einen Vollzeitjob und einen Sohn mit Behinderung. Ohne meinen Polo würde ich total aufgeschmissen sein, vor allem weil der ÖPNV hier so schlecht aufgestellt ist und noch immer nicht barrierefrei..."

Wolfgang: „Entschuldige Gertie, wenn ich da etwas unsanft rein grätsche, aber ich denke, ich spreche hier für alle, wenn ich sage, dass du hier nicht ganz richtig bist. Ich würde dir empfehlen, deinen Kram selbst zu lösen. Das hier ist eine Gruppe für wirklich ernsthaft Betroffene mit schwerwiegenden Problemen." (Gertie steht weinend auf und verlässt unter Gemurmel und Kopfschütteln der anderen den Raum).

Wolfgang: „Tut mir leid. So was kommt hier selten vor. Aber wir wollen hier natürlich keine Schaulustigen. So, ... jetzt aber weiter mit dem praktischen Teil. Ich habe draußen für jeden von euch einen E-Roller hingestellt, an den ihr euch gewöhnen könnt. Wenn alles gut läuft, steigen wir nächste Woche aufs Fahrrad, um völlig selbstständig in die Pedale zu treten. In etwa sechs Wochen seid ihr dann soweit, die ersten Schritte zu Fuß über mehr als 50 Meter zurückzulegen. Aber nicht so viel auf einmal. Wir wollen ja, dass sich alle wohl fühlen und nicht von 0 auf 100 aus ihrer Komfortzone müssen."

Afrika

Irgendwo in Afrika. Der Bus schaukelt wild, es ist heiß. Ich versuche, mein Fahrrad festzuzurren, was nicht so leicht ist, weil ich mich eigentlich mit einer Hand festhalten muss. Zum Glück hilft mir ein junger Engländer mit den Worten: „Es ist immer das Gleiche, wenn die Räder sicher festgemacht sind, fährt der Fahrer wieder ganz normal. Die machen sich hier einen Spaß daraus und amüsieren sich über die Touristen.“ Und tatsächlich. Kaum sitzt das Fahrrad fest, wird die Fahrt ruhiger. Ob er Recht hatte?

Später. Ich sitze auf meinem Platz und trinke aus einer Wasserflasche. Mir gegenüber sitzt ein deutscher Mann mittleren Alters. Er ist mir unsympathisch. Er fängt an, mir seine Lebensgeschichte zu erzählen und fragt mich irgendetwas. Ich zucke mit den Schultern und sage: „Sorry Bulgarian. Don`t understand.“ Er guckt etwas verwirrt, aber hört auf, mich voll zu blubbern. Erstaunlich, denn vor rund einer Stunde war mir die Wasserflasche runtergefallen und er reichte sie mir. Ich sagte: „Danke.“ Ich überlege, ob zum Beispiel Afrikaner im Ausland auch andere Afrikaner im Bus voll quatschen oder ob das eine deutsche Eigenschaft ist. Wo immer man im Ausland meint, Gleichgesinnte erkannt zu haben, einfach erst mal drauflos zu brabbeln. Als ob man sich ewig kennt oder so. Und überhaupt, woran erkennt man sich, wenn man nicht zufällig deutsch spricht? Am schlechten Englisch, den Sandalen in Strümpfen, dem Fielmann-Kassengestell mit selbsttönenden Gläsern oder der obligatorischen Jack Wolfskin-Regenjacke? Und während ich noch so überlege, was für ein Blödsinn das alles ist, löst sich der Bus, die Umgebung, die Szene auf...

und ich erwache aus diesem lustigen Traum. Noch etwa zehn Minuten beschäftigt mich das alles, weil es so real war. Und dann denke ich, eigentlich hätte mich der Gelenkbus von MAN mitten in der afrikanischen Steppe ja stutzig machen müssen. Aber so ist das mit den Träumen. Meistens erkennt man die Realität erst, wenn man richtig wach ist.

Bei Rewe Teil 1

Ein Freund kauft bei Rewe ein. Er geht Richtung Kasse. Neben der Kasse liegt eine alte Frau in Scherben auf dem Boden. Zufällig ist auch die ebenfalls alte Nachbarin meines Freundes einkaufen. Sie guckt zur Frau am Boden, guckt meinen Kumpel an und sagt: „Die hat nichts, alles okay."

Die Frau am Boden liegt in ihrem eigenen Blut, hat sich schwer verletzt. Die Kassiererin sagt zu den Kunden: „Sie brauchen die Kasse nicht zu wechseln. Es geht gleich weiter hier..."

Inzwischen kümmert sich ein einzelner Kunde um die Frau. Alle anderen gucken nur und stehen drum herum. Mein Freund sagt zur Nachbarin, die im Weg steht und glotzt: „Hauen sie ab hier!", und zur Kassiererin: „Verdammt nochmal! SCHLIEẞEN SIE DIE KASSE, SCHICKEN SIE DIE LEUTE WEG UND RUFEN SIE SOFORT EINEN KRANKENWAGEN!"

Die Kassiererin guckt verwirrt und sagt: „Okay." und greift zum Telefon.

Endlich gehen die glotzenden Leute weg und eine andere Kasse wird geöffnet. Der Mann am Boden, der helfen will sagt „Danke!" zu meinem Kumpel. Ein Krankenwagen kommt. Die alte Frau ist auf einem zerbrochenen Glas ausgerutscht und hat schlimme Schnittwunden und viel Blut verloren. Was sich wie aus einem surrealen Alptraum anhört, ist tatsächlich so passiert. Mein Freund erzählte es mir völlig erschüttert ob der Ignoranz seiner Nachbarin und anderer Menschen. Mir fällt dazu auch nichts mehr ein.

Bei Rewe Teil 2

Rewe wurde bei uns wochenlang umgebaut und ist jetzt wirklich sehr modern und ansehnlich geworden. Jetzt stand eine Kundin vor mir am Band mit einer Packung Eis und sagte zur Kassiererin: „Bitte sagen sie mal ihrem Chef, dass das eine Zumutung ist. Ich muss durch den ganzen Laden laufen für eine Packung Eis."

Die Kassiererin antwortete: „Sie können gleich hinter dem Gemüse durch zur Tiefkühl-Abteilung, da ist die Abkürzung wie früher auch."

Und ich wollte noch ergänzen: „Und auch vorher waren das Eis und die Kassen an derselben Stelle."

Kam aber nicht mehr dazu, weil die Kundin wütend entgegnete: „Geben sie das bitte weiter. Eine absolute Zumutung ist das." Und verschwand.

Die Kassiererin und ich guckten uns an, und ich beschloss einfach, angesichts so viel geballter Dummheit zu schweigen und der Kassiererin nach dem Bezahlvorgang einen ganz besonders schönen und entspannten Feierabend zu wünschen. Was sie mit einem sehr betonten „Dankeschön" erwiderte. Zwei Drittel der Beteiligten hatten danach gute Laune. Es ist doch nicht so schwer. Kommunikation.

Bei Rewe Teil 3

Mitten auf dem Gang bei Rewe stand gestern ein großer Rolli samt Insassen. Ein älterer Mann, der sich vor dem Müsli-Regal befand. Und zwar so, dass keiner vorbeikam und alle schon fünf Meter vorher einen großen Bogen machten. Gut, man hätte ihn auch einfach mal fragen können, ob er Hilfe braucht. Dann hätte man festgestellt, dass er gerne ein Müsli mit Nüssen hätte. Dann hätte es exakt 15 Sekunden gedauert, um festzustellen, dass das einzige Müsli mit Nüssen auf etwa einen Meter achtzig Höhe steht. Man hätte es dem Mann geben können, er hätte sich einfach nett bedankt und wäre weitergefahren. Schon wäre der Gang frei gewesen. Gut, er ist dann trotzdem stehen geblieben und ich musste einen Gang drum herumlaufen. Aber das war gar nicht schlimm oder schmerzhaft für mich. Dafür hat er jetzt sein Müsli und ich fühle mich einfach wie ein normaler Mensch. Und das ist ja auch nicht jeden Tag selbstverständlich.

Kleinanzeigen

Ein Bekannter, der relativ viel über Kleinanzeigen verkauft, verwendet jetzt immer folgende Taktik, wenn Kurier und Kreditkartenzahlung angeboten werden. Als Adresse für die Abholung gibt er über den Messenger ein: Anton Fickmichhart, Leck-Mich-Allee 69, 12345 Bumsdorf. Die Antworten sind unbezahlbar. Die letzte war: „Du Hurensohn! Ich krieg dich noch!“ Manchmal schreibt er dann noch zurück: „Meine Adresse hast du ja.“

Laber

Leute: „Du bist aber ganz schön dick geworden!“

Auch Leute: „Isst du jetzt diesen Gemüse-Gesundheits-Kram? Komm, gönn` dir doch!“ Auch Leute: „Wie? Du läufst jetzt? Sieht doch bescheuert aus?“

Auch Leute: „Krafttraining im Gym? Ist dir das nicht peinlich?“

Fazit: Leute helfen nicht! Triff Entscheidungen für dich. Nicht für Leute, nicht für Freunde, nicht mal für deine/n Partner/in. Du entscheidest über deinen Körper. Und es ist hilfreich, Menschen mit ähnlichen Zielen zu finden. Denn wenn du kein Ziel hast, ist jeder Weg der Richtige.

Napoleon

Bei einem Kollegen zu Besuch.

Er ruft: „Napoooolen, Fressen!"

Um die Ecke kommt ein kleiner Rauhaardackel, total niedlich.

Ich sag: „Da hätte ich jetzt was anderes erwartet."

Er sagt: „Dafür hat er einen großen Charakter..."

Ich sag: „Wie ist das denn mit den Kindern und der Rangfolge?"

Er sagt: „Nicht so optimal."

Ich sag: „Schnappt er denn zu?"

Er sagt: „Nee, leider ganz im Gegenteil. Der lässt sich viel zu viel gefallen." und deutet auf die Sandkiste, wo gerade die 4-Jährige spielt. „Neulich hab ich ihn gerufen und als er nicht gekommen ist, hab ich ihn im Sandkasten entdeckt. Bis auf den Kopf war er komplett eingegraben und hat keinen Mucks von sich gegeben. Seitdem passen wir auf und haben mit unserer Tochter ein ernsthaftes Gespräch gehabt."

Ich denke: Tja, auch große Namen helfen nicht immer.

Kleinigkeiten

Auf dem Weg zum Sport bringe ich eine kaputte Jeans bei der Änderungsschneiderei vorbei. „Das dauert bis nächste Woche". Schade, hab es leider etwas eiliger. Mir fällt ein, dass in der Straße vom Verein noch eine kleine Schneiderei ist und versuche dort mein Glück. Geführt wird sie von einer Frau.

Sie so: „Haben sie Zeit?"

Ich: „Eigentlich nicht. Ich kann aber später wieder kommen."

Sie lacht: „Nein, ich meine fünf Minuten."

Ich: „Wie? So schnell?"

Sie: „Klar. Solche Kleinigkeiten mache ich zwischendurch. Ist doch sonst Quatsch!"

Fünf Minuten später ist der Riss genäht. Geld wollte sie auch nicht. Hab ihr natürlich was hingelegt. Ich traue mich fast gar nicht zu fragen, aber jetzt ratet, welcher der beiden Läden von einer Muslimin mit Kopftuch geführt wurde. Genau. Aber es soll ja manche geben, die da nicht gerne rein gehen. Aus welchen Gründen auch immer. Auch klar, wo ich ab jetzt immer hingehe, wenn was kaputt ist.

Fitnessstudio Teil 1

Mit fast 50 sollte man meinen, die peinlichsten Situationen schon hinter sich zu haben. Pustekuchen. Gestern beim Kreuzheben im Studio die Hose am Arsch mit lautem ‚RATSCH!' volle Breitseite gerissen. Und die einzige Trainerin auf der Fläche erklärt gerade Neukunden hinter mir alles. Bin dann wie so ein Mr. Bean unter vielen Blicken an der Wand entlang gelaufen bis zur Umkleide, die natürlich am anderen Ende der Halle war. Und auch sehr bizarr: Selbst in der Umkleide, wo

Männer komplett nackig rumlaufen, war es mir noch peinlich. Wo liegt darin die Logik?

Fitnessstudio Teil 2

Habe das Fitnessstudio gewechselt und am Empfang stehen gleich vier Trainer:innen um mich herum und bewundern mich. Wie kommt es? Na ja, ich wurde mit einer Wechselprämie gelockt, die ich heute einwechseln wollte. Mein Altvertrag läuft noch bis Ende dieses Jahres. Fragt mich die junge Trainerin am PC beim Tippen: „Hat der Dezember eigentlich 31 Tage?“

Ich so: „Ja...“

Ihr ist es offensichtlich etwas peinlich. Also ergänze ich: „Der Juli und August auch.“

Sie so: „Echt?“

Ich so: „Guck mal, so merke ich mir das.“ und lege beide Fäuste nebeneinander. „Die Knöchel stehen für 31 Tage und die Mulden für 30.“ Ich fange an beim linken kleinen Finger mit Januar abzuzählen. Inzwischen guckt ein junger Trainer zu. Ich komme bei den beiden Zeigefingern an... „Juli, August.... Dezember.“

Zwei weitere Trainer:innen halten inne: „Zeig das nochmal!“ Ich wiederhole. Alle sind total fasziniert von diesem alten blöden Trick.

Alle so: „Cool!“ Und fangen an, in ihr Handy zu tippen. Wie einfach es manchmal ist, Menschen glücklich zu machen.

confident

Heute auf dem Weg zur Kieferorthopädie sehen meine Tochter und ich einen Mann in meinem Alter mit einem hellbeigen Anzug, die Hose 3/4 und dazu weiße Turnschuhe mit Rot. Ich, möglichst wertungsfrei, was natürlich unmöglich ist, zu K2: „Guck mal, was der anhat!"

Tochter: „Der ist confident!"

Ich: „Äh, was?"

Tochter: „Der traut sich, das anzuziehen, was er mag."

Ich überlege...: „Heißt das, wenn ich so rumlaufe, bin ich dann auch confident und jetzt eher nicht?"

Tochter: „Nein, das bist du erst, wenn du auch darin selbstbewusst rumläufst. Zum Beispiel, wenn du einen Rock anziehst und dich damit wohl fühlst, egal, was andere sagen."

Ich schweige. Was ist aus dem kleinen Mädchen geworden, dem man Dinge erklären musste? Offensichtlich läuft es ab jetzt andersrum. Was mich irgendwie stolz macht.

Stuhl frei?

Im Restaurant. Ein Jugendlicher fragt an einem Nachbartisch, an dem ein Mann (ca. Mitte 50) allein mit vier Stühlen sitzt, ausgesprochen nett und höflich: „Entschuldigung, ist der Stuhl frei? Meine Familie ist zu viert und uns fehlt einer.", und deutet dabei auf einen Stuhl. Mann glotzt den Jugendlichen einen Moment an und sagt: „Nee. Der ist nicht frei!" Dies in motzigem Ton und mit so dümmlichem Lächeln, dass ich ihm gerne sofort eine scheuern würde. Der Jugendliche guckt etwas konsterniert, dreht ab und geht weg. Mann ruft hinterher: „Die anderen zwei wären ja frei, aber der eben nicht, hahaha."

Jugendlicher schüttelt mit dem Kopf und organisiert sich woanders einen Stuhl. Dann kommt Frau von Herrn Arschloch, und nachdem er von seinem tollen Gag erzählt hat, geht es im kompletten Gespräch ausschließlich darum, was andere im Status-Gefüge über ihm alles zu Unrecht hätten und er selbst, natürlich vollkommen zu Recht, alles hat im Gegensatz zu anderen im Status-Gefüge unter ihm. Mir wird ein wenig schlecht.

Und genau das, denke ich, ist ein zentrales Problem heute. Typen, die sich als Nabel der Welt, als Mittelpunkt ihres Universums sehen und dabei in der Realität durch ein unberührtes Naturschutzgebiet stapfen, alles mit ihren Jack Wolfskin-Tretern platt trampeln und sagen: „Mensch, das ist ja eine Idylle hier, was Sabine?“, um danach mit ihrem 360 PS-Panzer auf dem Weg nach Hause ein paar Polos vom Highway zu kratzen. Sabine schien übrigens meiner Meinung zu sein, als sie irgendwann kommentarlos den Monolog ihres Gatten verließ, um auf Toilette zu gehen, oder (angesichts des genervten Gesichts) so tat als ob und sich wahrscheinlich wünschte, er hätte sie einmal gefragt, wie es ihr geht und wie ihr Tag war.

Bitte setzt mich an einer verlassenen Kreuzung in Montana aus, sollte ich irgendwann so werden.

Die Bahn

Neulich beim Kundenservice der Deutschen Bahn.

Kräftige Frauenstimme: „Willkommen beim Kundenservice der Deutschen Bahn. Was kann ich für sie tun?“

„Hallo. Folgendes Problem. Ich hatte mein Deutschland-Ticket Ende Mai gekündigt, damit ich es für Juli nicht mehr bekomme. Ich habe auch eine Bestätigung bekommen. Jetzt gucke ich in meinen Account und sehe, dass ich doch das Ticket für Juli bekommen habe. Können sie mir da helfen?"

Frau: „Da warn wa aber nich sehr nett zu ihnen, wa?"

Ich: „Ist ja kein Problem."

Frau: „Ich leite se mal an einen Kollegen weiter, der sich auskennt. Wiederhören." Warteschleife...

20 Minuten später ein Mann: „HUST, BÖLK, KRÄCHZ (übelste Hustengeräusche...)."

Ich: „Ähm, ...hallo?"

Mann: „...Ja, Entschuldigung, was für eine Luft hier, ...so. Wie kann ich ihnen helfen?"

Ich: „Ja, es geht um das Deutschlandticket..."

Mann: „Oh je."

Ich: „Ich hatte rechtzeitig gekündigt und trotzdem ein neues Ticket für Juli bekommen."

Mann: „Tja, da müssten sie eigentlich im Abo-Service anrufen."

Ich: „Ach so, ich dachte beim offiziellen Kundenservice wäre ich richtig. Haben sie eine Telefonnummer für mich?" Pause...

Mann: „Nee, lassen se mal. Da komm se eh nich durch. Die sind total überlastet die Kollegen. Tun se mir mal einen Gefallen und gucken se erstmal, ob wir überhaupt Geld abgebucht haben. Hab das jetzt schon öfter so erlebt."

Ich: „Und dann?"

Mann: „Wenn wir nicht abgebucht haben, könn se ja kostenlos fahren mit dem Ticket, haha."

Ich: „Also ich sitze sowieso gerade vorm PC und sehe, da ist noch keine Abbuchung."

Mann: „Sehen se, sehen se!"

Ich: „Ja, aber ich würde ja schon gerne wissen, ob das jetzt gekündigt ist oder nicht. Weil für August brauche ich auch kein Ticket."

Mann: „Ach so. Sagen se das doch gleich. Da machen se Folgendes. Wenn da doch noch ne Abbuchung kommt, schreiben se dem Abo-Service ihr Problem und veranlassen sie ihre Bank, die Lastschrift zurückzufordern."

Ich: „Okay, habe ich verstanden. Haben sie da eine E-Mail-Adresse?"
Pause...

Gut. Er hatte dann auch eine E-Mail-Adresse. Alles in allem also gar kein Ding. Wenn man die etwas komplizierte Kündigung, wo man nochmal alle Angaben trotz bestehenden Accounts eingeben muss, mit einrechnet, sind das nur ca. zwei Stunden Lebenszeit gewesen. Also vorausgesetzt, meine Mail beim Abo-Service wird bearbeitet...

Haare

Zu einer Zeit, da ich noch ein paar Haare hatte: „Und Hopper, drei Millimeter wie immer?"

Ich: „Ja, Verena, drei Millimeter, wie immer."

Verena: „Sag mal, du kommst jetzt schon seit bestimmt einem Jahr hierher, was machst du eigentlich beruflich?"

Ich: „Ich bin Lehrer."

Verena lässt fast den Rasierer fallen: „ELKE, MICHA, HÖRT MAL! DER HOPPER IST LEHRER!"

Elke: „Nee, ne?"

Micha: „Klar. Der verarscht uns doch!"

Ich: „Ich, ...äh ich bin wirklich Lehrer. An einer Förderschule für schwer erziehbare Kinder, wirklich."

Verena: „Jaja, ich glaub dir ja. Aber du bist hier der erste Lehrer, der Trinkgeld gibt, also wirklich Trinkgeld, der mir auch mal Fragen stellt und der sich noch nie beschwert hat."

Ich sag: „Das kann doch nicht so schlimm sein. Die Kolleg:innen in meiner Schule zum Beispiel sind auch alle sehr nett."

Verena: „Hmm, jetzt wo du es sagst, ich hab noch was vergessen. Die sind alle total unzufrieden und klagen über zu wenig Geld."

Ich glaube, ich besuche Verena demnächst und lasse mir einfach nur den Kopf waschen. Das ist ohne Haare bestimmt auch mal ganz hilfreich für so einen Lehrer.

Späte Bitte um Verzeihung

Sehr geehrter Herr Pastor Behrends!

Hiermit bitte ich sie aufrichtig und höflichst um Verzeihung, wenn auch etwas spät, für mein Verhalten damals in der elften Klasse, als sie uns netterweise erlaubten, einen Film gucken zu dürfen, solange er einen Bezug zum Religionsunterricht herstellen würde. Ich werde nie vergessen, wie still und traurig sie vorne in der Klasse neben dem laufenden TV saßen, leidend, gepeinigt und voller Scham. Und sich nicht trauten, etwas zu sagen und schon gar nicht die Vorführung zu stoppen, weil sie so ein bescheidener, netter und schüchterner Mann waren. Und natürlich, weil die ganze Klasse laut lachend und johlend ihr Vergnügen auf ihre Kosten hatte. Ich hätte auf die billigen Lacher verzichten sollen und mehr Respekt ihnen persönlich und gegenüber ihrem Amt zeigen sollen. Als sie am Ende, während alle hinausstürmten, ein leises: „Das hatte jetzt nicht direkt was mit Religionslehre zu tun..." in den Raum murmelten, taten sie mir wirklich leid. Aufgrund meiner fehlenden Reife schaffte ich es damals nicht, um Verzeihung zu bitten. Ich ließ sie allein und bedrückt im Klassenzimmer sitzen und ging einfach. Mit der ‚Life of Brian'-VHS-Kassette. Daher jetzt nochmal: Verzeihen sie mir bitte.

Hochachtungsvoll, Hopper

„Willst du wissen, wer du bist, so schaue auf dein vergangenes Leben. Willst du wissen, wohin du gehst, so schaue auf dein jetziges Leben.“

Shi Heng Yi, Shaolin-Meister

Teil 4

Hopper wird wissenschaftlich. Über Frauen, Männer, und Erkenntnisse aus aller Welt.

Hier werden dicke Bretter gebohrt! Alles recherchiert und auf dem aktuellen Stand. Dazu so kurz wie möglich zusammengefasst. Aber eben nicht kürzer. Ich möchte schließlich, dass ihr auch etwas Substanz zum Mitnehmen habt.

Speziell der Teil ‚Warum Frauen Männern überlegen sind' führte bei X-Twitter zu Aufruhr, Empörung und Minderwertigkeitskomplexen. Selbstverständlich nur auf der männlich gelesenen Seite. Da kannte noch keiner die Gegendarstellung ‚Was Männer deutlich besser als Frauen können'. Diese erfolgte eine Woche später und bekam viel Zuspruch. Interessanterweise meist von der weiblich gelesenen Seite. Allein daraus könnte man sicherlich zahlreiche Thesen ableiten. An dieser Stelle sei darauf verzichtet.

Eines haben wir hierzulande allerdings gemeinsam: Einen oftmals ungewollten Bonus an Körpergewicht. Sind wir einfach nur faul und fett geworden? Damit geht es los. Viel Vergnügen!

Selbst schuld, Fettsack!

Über Eigenverantwortung, Verbote und die grandiose Idee, Dicke mehr bezahlen zu lassen

Es gab immer schon Übergewicht. Zu jeder Epoche, in jeder Population. Und lange Zeit machte es auch Sinn, größere Mengen Energie in Form von Fett zu speichern. Diejenigen, die es besonders gut konnten, kamen durch einen harten Winter. Die anderen starben. Heute, mit Bäckereien und Fastfood-Läden an jeder Ecke, die 24/7 geöffnet haben, haben sich jedoch die Rahmenbedingungen zu Ungunsten der „Dicken" verschoben. Denn rein biologisch gesehen haben wir uns seit tausenden von Jahren nicht wesentlich verändert. Warum aber gibt es seit einigen Jahrzehnten einen dramatischen Anstieg der Fettleibigkeit? Mit unseren Essgewohnheiten und unseren Fähigkeiten, Polster für schlechte Tage zu speichern, lässt sich dieses Armageddon nicht erklären. Wie kann es sein, dass schon Kleinkinder unter einem Jahr, wie in den USA, deutlich übergewichtig sind? Sind die Eltern schuld? Liegt es an mangelnder Disziplin und Eigenverantwortung? Sind Dicke dumm und wissen nichts über gesunde Ernährung?

Weit gefehlt. Eine Kalorie ist nämlich nicht immer eine Kalorie. Was in der Physik natürlich richtig ist, lässt sich nicht ohne Weiteres auf den Menschen übertragen. Medikamente, Hormone, Allergien etc. haben durchaus großen Einfluss darauf, ob ein Mensch zunimmt oder abnimmt. Die Kalorien sind nur ein Faktor, wenn auch ein wichtiger von vielen. Ich komme später darauf zurück.

Einer der größten Aspekte beim Thema ‚Essen' ist allerdings dieser: Fast Food. Schnelles Essen in kurzer Zeit zubereitet, noch schneller heruntergeschlungen. So schnell, dass man nicht mal Zeit hat, eine Sättigung abzuwarten. Wir essen das Falsche und verwenden auf das Zubereiten und Genießen keine Zeit. Dafür haben viele Deutsche die teuersten Küchen. Prioritäten. Die Vorteile industriellen Essens liegen auf der Hand. Es ist billig, transportabel und schmeckt wahnsinnig gut. Viel Salz, Zucker und Fett. Darauf fährt unser Hirn ab. Selbst, wenn es manchmal eklig aussieht. Wir fahren mit dem Auto zum Büro und dann zum TV. Zwischendurch zocken wir vorm PC oder chillen mit dem Smartphone. Wie kann es sein, dass ein Zwillingsbruder dick ist und der andere schlank mit Mitte 40? Der einzige Unterschied in den Lebensgewohnheiten in diesem Fall: Einer hat ein Auto, der andere nicht. Die Dinge, die uns das Leben leichter machen sollten, haben sich leider als genau die Dinge herausgestellt, die uns unsere Freiheit nehmen, unsere Zeit klauen und uns süchtig machen.

Wenn über Fettleibigkeit und starkes Übergewicht gesprochen wird, muss auch über Diabetes Typ 2, Herzkrankheiten, Bluthochdruck, Fettleber (ohne Alkoholkonsum), Krebs und Demenz gesprochen werden. Alles körperliche Folgen des metabolischen Syndroms, des gestörten Kohlenhydratstoffwechsels. Nicht unbedingt des Übergewichts an sich. Ein nicht kleiner Teil der Übergewichtigen hat einen normalen Stoffwechsel, während ein recht großer Teil der Normalgewichtigen einen gestörten Stoffwechsel hat. Das heißt, man stirbt nicht am Fett selbst, sondern an den Folgen falscher oder schlechter Ernährung. Die globalen Kosten der aufgezählten Krankheiten betragen mehr als 75 Prozent der gesamten Gesundheitskosten. Tendenz steigend. Es sind nicht die Übergewichtigen, die daran Schuld haben, es ist industriell hergestelltes Essen. Billig, schnell, lecker. Nach einem UN-Bericht von 2011 hatten zu diesem Zeitpunkt selbst Entwicklungsländer mehr Probleme mit diesen Krankheiten als mit HIV und Cholera, mehr Probleme mit Übergewicht als mit infektiösen Krankheiten.

Während der täglich durchschnittliche Kalorienverbrauch von 1985 bis 2010 um etwa acht Prozent stieg, gab es bei der Diagnose ‚Diabetes' einen Anstieg um über 700 (!) Prozent. In der gleichen Zeit stieg der Konsum von Zucker weltweit von 1985 mit 98 Mio. Tonnen bis 2010 mit 160 Mio. Tonnen um über 60 Prozent. Eine Kalorie ist nicht immer eine Kalorie. Schonmal eine Gummibärchen-Diät ausprobiert? Abnehmen möglich, Wohlfühlfaktor unmöglich, Abbruch garantiert, gesund eher nicht. In Zahlen: 1985 gab es ca. 30 Mio. Menschen mit Diabetes, 2010 gab es davon 346 Mio., 2021 sind es ca. 537 Mio., bis 2045 wahrscheinlich über 783 Mio. Das hat nichts mehr mit dem Bevölkerungswachstum zu tun. Es ist etwas anderes.

Und damit kommen wir zu den Kalorien, die anders sind als andere: Zucker.

Zucker ist einzigartig. In fetten Früchten wie der Avocado sind kaum Kohlenhydrate. Überhaupt gibt es auf der ganzen Welt keine natürlichen Lebensmittel, in denen gleichzeitig größere Mengen Zucker UND

Fett sind. Die glorreiche Idee, beides zusammen in hohen Anteilen zu verwursten, hatte erst die Industrie. Pizza, Burger, Pommes Rot-Weiß.

Der billige Haushaltszucker, der so gerne von der Industrie als Füllstoff und Appetitanreger genommen wird, besteht aus Glukose und Fruktose. Während Glukose unseren Körper, Muskeln und vor allem das Gehirn mit Energie versorgt, wird Fruktose von der Leber verstoffwechselt. Und zwar zu 100 Prozent. Der Witz ist, Glukose bekommen wir auch aus Kartoffeln, Brot usw. ohne, dass wir Zucker bräuchten. Unser Körper ist sogar in der Lage, aus Eiweiß und Fetten Glukose herzustellen, damit das Gehirn arbeiten kann. Das nennt sich Gluconeogenese. Wie sonst hätten wir in der Steinzeit einen harten Winter überlebt?

Fruktose, der süße Teil des Zuckers, ist für die Leber wie Alkohol. Gift. Denn es sorgt für eine Fettleber, Insulinresistenz, Kalorieneinlagerung in Form von Fett, Bluthochdruck, Herzkrankheiten, Krebs, Demenz und Diabetes. Das hatten wir doch schon. Alkohol sorgt übrigens für die gleichen Beschwerden. Das Übergewicht ist also mehr Folge als Verursacher dieser Krankheiten. Der Verursacher ist Zucker.

Genau wie Alkohol ist Zucker eine natürliche Energiequelle. Und wenn man einen Marathon läuft, versorgt einen Zucker (oder auch Alkohol) mit schneller Energie. Der durchschnittliche Bürger läuft nun eher selten einen Marathon. Dann ist Zucker keine Energiequelle, dann kann es zum Gift werden und uns umbringen.

Wenn der Arzt oder immer mal wieder die Politik gerade sagt: „Hey, Eigenverantwortung! Du kannst doch weniger essen und mehr trainieren!“ Ist das angesichts der biochemischen Prozesse im Körper (eines Übergewichtigen) eine fast unmögliche Forderung. Denn was passiert im Körper? Was macht es so schwierig bis unmöglich, aus eigener Willensstärke abzunehmen? Denn mal ehrlich, wenn es so leicht wäre, würde es ja jeder machen, oder?

Eigentlich wäre es auch einfach, denn unsere Fettzellen produzieren und senden das Hormon Leptin an unser Gehirn. Unser Hirn empfängt die Botschaft: Du bist satt. Und du bekommst sogar Lust auf Training.

Ganz spontan. Dicke Leute haben größere und mehr Fettzellen, sie produzieren viel Leptin. Entscheidend war die Entdeckung dessen, was auf einmal nicht mehr funktioniert. Diese Entdeckung heißt Leptinresistenz.

Und hier kommt Insulin ins Spiel. Insulin senkt den Blutzucker und wandelt ihn in der Fettzelle in Fett um. Wenn ein Mensch mit 2000 kcal Verbrauch etwa 2000 kcal isst, nimmt er nicht zu. Angenommen man würde diesem Menschen bei jeder Mahlzeit Insulin spritzen, würde er einen Teil, sagen wir 500 kcal als Fett einlagern. Was wäre die Folge? Klar, der Mensch wäre unzufrieden, da er ja 2000 kcal verbrennt. Was ist mit den 500 fehlenden Kalorien? Das ist dann Hunger. Also isst der Mensch 2500 kcal. Zum Glück spritzt uns niemand Insulin, richtig? Leider nicht. Denn das muss auch keiner. Dafür sorgen wir selbst. Durch die Übermengen an Zucker, die überall versteckt sind und für die die Industrie bei den schlimmsten Lebensmitteln für Kinder Werbung ohne Ende macht. Je mehr Zucker, desto mehr Insulin, desto mehr Fetteinlagerung, desto hungriger werden wir. Und leider hat Insulin die blöde Angewohnheit, Leptin im Hirn zu blocken. Wie einen lästigen Follower der Industrielobby oder der Politik.

Ein Teil des Problems ist also das Hungergefühl, verursacht durch die Leptinblockade. Ein anderer Teil ist das Belohnungszentrum im Hirn, welches Dopamin ausschüttet. Dopamin ist ein Neurotransmitter, welcher Glücksgefühle verursacht. Je mehr Dopamin, desto glücklicher. Bis zu einem bestimmten Level jedenfalls. Irgendwann regulieren die Rezeptoren für das Dopamin runter. Es gibt dann einfach weniger. Im Hirn von dicken Menschen findet ab einem gewissen Zeitpunkt keine Befriedigung mehr statt. Das Verlangen nach Essen ist aber dennoch groß. Sie müssen mehr essen um den gleichen Effekt zu haben wie jemand, dessen Dopaminsystem funktioniert. Das nennt sich Toleranz. Sie spüren einen Entzug. Toleranz und Entzug sind die fundamentalen Merkmale von Abhängigkeit. Und tatsächlich verursacht Zucker biochemisch gesehen die gleiche Abhängigkeit wie Alkohol, Nikotin oder Kokain. Klingt übertrieben? Nochmal: Guck dich um unter deinen Mitmenschen. Der einzige Unterschied ist, dass Zucker nicht verboten ist.

Die Auswirkungen sind deutlich erkennbar. Unser Essverhalten, Schlafverhalten und Sexualverhalten sind hormonell angetrieben. Was wir häufig als Verhalten sehen ist nicht das Verhalten an sich, sondern kognitive Inhibition, die Kontrolle impulsiver Reaktionen, um durch Denken und Logik die richtigen Antworten zu finden.

Die Frage ist dann, wie lange man diese Fähigkeit aufrecht erhalten kann im Angesicht einer Fressbude nach der anderen, einer Zuckerüberdosis auf die nächste. Niemand, NIEMAND kann mit bloßem Willen seine biochemischen Vorgänge, seine Hormone dauerhaft besiegen. Das ist unmöglich.

Der Insulinspiegel und die Ernährung der Mutter haben sogar Einfluss auf ein Baby und wie viel Fett es speichert. Beeindruckend zu sehen an Fällen von starkem Übergewicht bei Kindern unter einem Jahr wie in den USA. Es ist nicht möglich, dass diese sich so viel Gewicht bewusst anfressen. Das durchschnittliche Geburtsgewicht von Säuglingen steigt genauso wie das Gewicht von Frauen in der Schwangerschaft in den letzten Jahrzehnten. Zufall? Wohl kaum. Das Kind kommt auf die Welt und hat Hunger. Ungebremst. Das Risiko, als Erwachsener Übergewicht zu haben, ist um ein Vielfaches größer, wenn man bereits als Kind übergewichtig war. Schon vor Corona ging es zum ersten Mal in der Geschichte runter mit der Lebenserwartung in Industrieländern. Ein kleiner Knick nur, aber deutlich sichtbar.

Ein weiterer Baustein ist Stress. Stress ausgelöst durch die Umwelt, die Medien, den Chef, die Arbeitsbedingungen, die Möglichkeiten. Und natürlich den Stress, den wir uns selbst machen, indem wir uns ständigen Reizen ausliefern oder Dinge konsumieren müssen. Stress löst im Hirn Mechanismen aus, die uns zu ungesundem Essen greifen lassen. Viel Zucker, viel Fett, denn das gestresste Hirn freut sich noch mehr über die Belohnung als ein entspanntes. Tatsächlich hat es Auswirkungen, wenn das Stresshormon Cortisol reduziert wird. Es ist also eine gute Idee, achtsam zu essen. Am Tisch, zusammen, zu gleichen Zeiten. Nicht im Vorbeigehen oder in einer Fünf-Minuten Pause im Büro, weil es gerade stressig ist und auch nicht nebenbei vorm TV.

Haben wir die freie Entscheidung? Wenn ein Großteil der billig produzierten Lebensmittel mit Zucker versetzt sind. Haben wir eine Wahl? Eine Auswahl? Oder bestimmt die Lebensmittelindustrie längst, was in den Regalen steht?

Man muss sich das so vorstellen: Ein stark übergewichtiger Mensch hat oft eine Insulinresistenz. Er isst und isst und hat trotzdem das Gefühl zu verhungern, weil der Zucker nicht richtig verarbeitet werden kann. Zucker, der dafür sorgt, dass übrigens auch die Wirtschaft durch Krankheitsausfälle massiv leidet. Es geht weltweit um Billionen Dollar.

Was leitet man daraus ab? Ein Werbeverbot oder das Verhindern eines Werbeverbots? Beides greift zu kurz. Wir brauchen ein komplettes Umdenken. Es hat mit Zigaretten funktioniert, es greift beim Alkohol. Für Zucker gibt es nichts. Ein Werbeverbot für stark zuckerhaltige Lebensmittel kann nur ein Anfang sein. Die Lebensmittelindustrie braucht zudem starke Anreize, gesünderes Essen zu machen. Gleichzeitig muss öffentlich wirksam über Zucker aufgeklärt werden.

Was klar ist: Über Dicke lachen, ihnen die Schuld zu geben und ihnen die „Eigenverantwortung" um die Ohren zu hauen, ist völlig sinnlos und menschenverachtend.

Aus der Lobby der Zuckerindustrie kommen stets Antworten wie diese:

„In der Ernährung ist es daher nicht ein bestimmtes Lebensmittel oder eine einzelne Zutat, die Übergewicht verursacht. Die gesamte Ernährungsweise und der Lebensstil sind entscheidend. Eine überschüssige Energieaufnahme in Verbindung mit mangelnder körperlicher Aktivität fördert die Entstehung von Übergewicht."

Ich übersetze: „Friss einfach nicht zu viel und beweg deinen faulen Arsch, Fettsack! Und iss weiter unseren Zucker!"

Warum Frauen Männern (oft) überlegen sind

...und für die Zukunft des Planeten sicherlich hilfreicher sind.

1. Frauen kosten viel weniger Steuergelder, denn die allermeisten Straftäter sind Männer. Vom Leid der Opfer und den Sachschäden muss man gar nicht erst reden.

2. Frauen sind im Durchschnitt klüger, wenn es nach den Abschlüssen geht. Mehr Frauen machen das Abi. Mehr Frauen machen Uni-Abschlüsse. Trotzdem werden Männer mit gleicher Qualifikation in vielen Berufen insgesamt höher bezahlt. Warum?

3. Auch wenn sich in den letzten Jahren viel getan hat bei der Jugend, sehr erfreulich, gibt es bei Vereinen, Umweltschutz, Tierschutz etc. mehr Frauen, die sich für das Allgemeinwohl einsetzen, immer mehr Führungsrollen einnehmen und oft nicht nur rhetorisch Männer alt aussehen lassen.

4. Leistungsfähigkeit. Frauen leben durchschnittlich länger, sie ernähren sich gesünder, sie halten mehr Schmerz aus und kommt es zum ultimativen Vergleich in der Disziplin, in der Menschen unter allen Lebewesen vorne sind, dem Dauerlauf, sind Frauen häufig besser. Beim 100 Meilen Lauf in Colorado kommen fast alle Frauen am Ziel an, jedoch nicht mal die Hälfte der Männer. Denn auch, wenn Männer im Schnitt stärker sind, sind Frauen beweglicher, bei Hitze fitter und leidensfähiger. Je länger die Distanz, desto besser die Frauen. Glaubst du nicht? Ist aber so. Denise Zimmermann war über 202 (!) Kilometer beim Swiss Irontrail die Schnellste. 40 Minuten vor dem besten Mann kam sie ins Ziel.

5. Und leider, liebe Männer, überschätzt ihr euch viel zu oft, was unter anderem dazu führt, dass ihr nicht nur mehr Unfälle und Blödsinn produziert, sondern auch an der Börse insgesamt ein weniger gutes Händchen habt als Frauen. Mit den dazugehörigen unglücklichen Folgen.

6. Dazu kommen dann noch so Kleinigkeiten wie: Multiple Orgasmen, die Fähigkeit, günstig einzukaufen und Preise zu vergleichen, Sprachen lernen, da das Sprachzentrum dem der Männer überlegen ist, das

bessere Taktgefühl beim Tanzen und beim Flirten, die Fähigkeit, Stress besser zu verkraften dank der Hormone, besser riechen, besser schlafen (wer hätte das gedacht, mehr Männer haben Schlafstörungen), mehr Neuronen im Hirn und mehr Intelligenz-Gene auf den Chromosomen usw.

Würde ‚Mann' sich ehrlich machen, würde er selbst ohne gründliche Reflexion der Tatsachen lieber von Frauen geführt werden. Wie weit es Männer gebracht haben mit dem Zustand der Gesellschaft und des Planeten insgesamt haben sie, denke ich mal, sehr ausführlich und nachhaltig bewiesen in letzter Zeit.

Natürlich ist klar: ‚Es gibt aber auch gaaaanz kriminelle Frauen' oder ‚gaaanz alte Männer' oder ‚gaaanz tolle Studien'. Und dann denke ich, okay, vielleicht sollte dann auch noch erforscht werden, ob Männer eher zum Cherry-Picking neigen. Keine Panik. Wir werden auf jeden Fall zur Fortpflanzung gebraucht. Das ist doch auch was. Und es gibt natürlich viele Dinge, in denen wir durchschnittlich besser sind, auch wenn`s nicht so viele sind. Aber das ist eine andere Geschichte, und dann muss ‚Mann' auch schon mal drauf klarkommen, einmal nicht die erste Geige zu spielen. Auch das fällt dann schwer wegen der genannten Punkte.

Was können Männer deutlich besser als Frauen?

Jetzt liebe Männer, sind wir nämlich dran! Nach Auswertung von 46 Meta-Analysen, in welchen wiederum Daten aus mehreren Tausend Studien enthalten sind, wurden an der Uni Wisconsin Unterschiede für insgesamt 124 Faktoren überprüft. Darunter mathematische und sprachliche Leistungen, Wahrnehmung, Motorik, Aggression, Sexualverhalten und Lebenszufriedenheit. Und jetzt kommt es. Die größten Unterschiede sind:

1. Männer werfen besser.

2. Sie sprinten schneller.

3. Sie haben einen härteren Griff.

(Was alles angesichts der Größe und Muskelmasse des Durchschnitts wohlgemerkt nicht überraschend ist.)

Klingt noch ein wenig mau? Macht nichts. Denn schließlich gibt es noch die psychologische Ebene. Schauen wir mal...

US-Psychologen werteten 106 Meta-Analysen aus mit mehr als 20.000 einzelnen Studien mit Daten von 12 Mio. Menschen. Dort fand man bei diesen Merkmalen größere Abweichungen:

1. Männer sind aggressiver.

2. Männer haben eine bessere räumliche Vorstellungskraft.

3. Sie legen mehr Wert auf physische Attraktivität.

4. Sie sind schmerzunempfindlicher (Hinweis: Was keineswegs heißt, sie würden starke Schmerzen besser aushalten. Dieser Punkt geht wiederum eindeutig an die Frauen. Man könnte umformulieren, Frauen bemerken Schmerz früher).

5. Männer benötigen weniger enge Bindungen.

6. Männer zeigen größeres Interesse an Dingen als Frauen, die mehr Interesse an Menschen haben.

Das war es aber erst mal. Wenn das große ABER nicht wäre. Und jetzt kommt das Entscheidende. Am Ende werde ich zu einem für einige vielleicht überraschenden Schluss kommen. Bei 78 Prozent aller Variablen fand man nur geringe bis nicht vorhandene Unterschiede. Es gab im Gegenteil breite Überschneidungen, gerade bei den psychischen Merkmalen. Ob kognitive Leistungen, Sozialverhalten oder allgemeines Befinden. Wenn es Unterschiede gibt, so sind sie überwiegend klein. Der Grund, warum viele Menschen wahnsinnig große Unterschiede zu erkennen glauben, liegt in der bevorzugten Wahrnehmung der Extreme. Im Mittel jedoch trennt die Geschlechter im Denken, Fühlen und Verhalten weniger als oft angenommen. Vor allem gibt es in Wahrheit eben nicht DEN MANN oder DIE FRAU. Ein Kerl, der nicht über seine

Gefühle reden mag, muss kein versierter Handwerker sein oder Konkurrenz lieben. Eine Frau, die detailliert über ihre Emotionen berichtet, kann eventuell trotzdem gut Auto fahren und Karten lesen. Woran liegt es nun aber, dass auch die kleinen Unterschiede teils enorme Wirkung im realen Leben haben? Es sitzen nun mal überwiegend Männer im Gefängnis, nehmen Drogen, begehen Delikte usw. Das lässt sich nicht leugnen. Grob gesagt wurden in allen guten Studien drei Dinge näher untersucht: 1. Das Gehirn 2. Die Hormone 3. Das Verhalten.

Das männliche Gehirn ist zwar größer. Jedoch alle anderen Auffälligkeiten weisen starke Überschneidungen auf. Das wurde von einem internationalen Team aus Neurowissenschaftlern anhand von mehr als 1400 Kernspintomografien bei Personen zwischen 13 und 85 Jahren analysiert. Selbst in den größten geschlechtsspezifischen Regionen gab es starke Überschneidungen. Meist ist der linke Hippocampus bei Männern größer, aber es gibt Frauen, die auch dort vertreten sind und Männer, bei denen dieser Bereich kleiner ist als bei einer Durchschnittsfrau. Insgesamt wurde festgestellt, dass das gleiche Gehirn in einem Bereich des Spektrums am weiblichen und in anderen Bereichen am männlichen Ende liegen kann. Nur ganze sechs Prozent der Gehirne zeigten allein weibliche oder typisch männliche Strukturen. Jedes Gehirn ist einzigartig. Ob das Verhalten durch die Struktur geprägt ist oder das Verhalten das Gehirn formt ist immer noch nicht ausreichend geklärt. Wahrscheinlich ist beides der Fall. Und jetzt wird es für die Geschlechter interessant. Möglich nämlich, dass Alltagserfahrungen von Männern und Frauen die Gehirne erst geschlechtsspezifisch formen, was dann zu spezifischem Verhalten führt. Vorher spielen aber die Hormone eine wichtige Rolle. Zum Beispiel das Hormon, das bei ein paar männlichen Lesern nämlich für etwas Aufregung beim Durchgehen des vorangegangenen Textes gesorgt hat, weil bis zu zehnmal mehr davon in ihnen produziert wird als bei Frauen. Testosteron! Aber auch die typisch weiblichen Hormone Östrogen und Progesteron werden bei Männern produziert. Die Konzentration macht den Unterschied.

In Experimenten wurden verschiedene Bilder gezeigt. Traurige, lustige oder furchteinflößende. Die Hormonspiegel wurden analysiert und die

Hirnaktivität gemessen. Bei beiden Geschlechtern sind dabei zwei Bereiche des Hirns besonders aktiv. Die Amygdala, das Gefühlszentrum und der präfrontale Kortex, das rationale Zentrum, welches emotionale Reize reguliert, Erfahrungen abspeichert und passende Handlungen plant. Je niedriger der Testosteronspiegel bei den Frauen war, desto stärker empfanden sie die negativen Emotionen und desto sensibler reagierten sie, da der niedrige Spiegel eine schwächere Verknüpfung von Gefühlszentrum und Kontrollzentrum verursacht. Vielleicht ein Grund, so die Forscher, warum Frauen doppelt so häufig an Depressionen und Angststörungen leiden. Allerdings verändert sich die Hormonmischung im Lauf des Lebens. Selbst Tag und Nacht verursachen Schwankungen. Während einer Schwangerschaft wird ein Gehirn ziemlich umgestaltet. Parallel zum ansteigenden Östrogenspiegel bis zu einem Eisprung zum Beispiel vergrößert sich das Volumen des Hippocampus. Die Auswirkungen betreffen nicht nur Emotionen und Verhalten, sondern auch kognitive Leistungen. Ist der Östrogenspiegel niedrig, zeigen Frauen ein besseres räumliches Vorstellungsvermögen. Andersherum jedoch auch. Verhalten und Erfahrungen beeinflussen die Hormonaktivität. Bei einem Experiment sollten Männer und Frauen Aufgaben zum räumlichen Denken lösen. Allein das Gespräch in einem der beiden Männerteams über die besseren Fähigkeiten der Männer bei solchen Aufgaben führte bei diesen Probanden zu einem Testosteronspiegel, der um 60 (!) Prozent höher lag als in der Kontrollgruppe. Nur die Erwartungshaltung ermöglichte also indirekt eine bessere Lösung der Aufgaben. Das heißt, auch soziale Faktoren haben Einfluss auf biologische Vorgänge im Körper. Es hängt mitunter von einer bestimmten Situation ab, wie Männer und Frauen bestimmte Aufgaben lösen und wie sie ihre eigenen Fähigkeiten einschätzen. Bei zwei von fünf Hauptfaktoren zur Erfassung der Persönlichkeit fand man Unterschiede:

1. Bei der Verträglichkeit, also Altruismus, Rücksichtnahme, Empathie.

2. Beim Neurotizismus, der emotionalen Labilität und Verletzlichkeit. Kulturübergreifend bei Frauen stärker ausgeprägt, aber vergleichsweise groß bei direkter Befragung und deutlich kleiner bei implizit erhobenen Daten, z.B. durch einen Assoziationstest. Offensichtlich wurde die

eigene Selbsteinschätzung durch Stereotypen und soziale Erwartungen in die angenommene Richtung beeinflusst. Frauen halten sich also auch für empathischer, Männer gaben sich weniger verletzlich. So prägen die Stereotype unser Selbstbild, den Blick auf andere und unser Verhalten. Auch Kinder erlernen diese Rollen sehr schnell. Es gibt Forscher, die halten diese Unterschiede für komplett anerzogen. Lieben Gruß an Prof. Gabriele Sobiech, mit der ich damals schon gerne darüber diskutieren durfte. Generell kann man aber sagen, dass Männer und Frauen sich ähnlicher sind, als dass sie verschieden sind. Und das ist am Ende die gute Botschaft an all die Bros da draußen, die glauben, sie könnten Grenzen nicht überwinden, weil ein Mann so sein muss, wie einem das gesagt wird. NEIN. Ihr müsst kein dickes Auto fahren. JA. Ihr dürft über eure Gefühle reden. JA. Ihr dürft euch für die Umwelt und den Frieden einsetzen. Und JA. Ihr könnt trotzdem eure Frau vor Idioten verteidigen! Denn im Prinzip ist das meiste an Verhalten erlernbar und nichts vorgegeben und schon gar nicht durch einen Gott gewollt.

Vom Äußeren auf das Innere schließen

Und da es gerade so schön passt: Was haben diese Personen gemeinsam, außer, dass sie Schauspieler:innen sind? Selena Gomez, Sarah Hyland, Halle Berry, Hugo Weaving. Los geht es. Selena Gomez hat die Autoimmunerkrankung Lupus, bekam daher bereits eine Spenderniere ihrer besten Freundin. Sarah Hyland (‚Modern Family‘) leidet seit Kindesalter an Multizystischer Nierendysplasie, bekam eine Niere ihres Vaters und muss daher Medikamente nehmen um die Abwehrreaktion des Körpers zu unterdrücken. Mit krassen Nebenwirkungen. Halle Berry hat seit Jahrzehnten Diabetes Typ 1 und versucht durch gesunde Ernährung etwas zu tun. Sie lag bereits einmal für eine Woche im diabetischen Koma. Hugo Weaving darf keinen Führerschein machen. Er ist Epileptiker, hatte schwere Anfälle mit Bewusstseinsverlust. Der letzte ist zum Glück schon lange her. Der Führerschein ist trotzdem nicht möglich für ihn.

Beurteilt Menschen nicht nach dem Äußeren. Es gibt zahlreiche schwer Kranke, denen man ihre Krankheit NICHT ansieht. Und wie gezeigt, ist die Beurteilung nach Frau, Mann, dick oder dünn, Anzug und Krawatte oder Irokesen-Haarschnitt ebenso wenig zu empfehlen. Letztendlich messen wir uns an unseren Taten. Und manche auch an ihrer Tatenlosigkeit.

Kernfusion

„Die beste Technologie für eine saubere, sichere, bezahlbare Energieversorgung".

Thomas Bareiß, ehemaliger CDU-Staatssekretär im Bundeswirtschaftsministerium über die Kernfusion. Dieses Zitat hört sich viel versprechend an und als ob die Kernfusion alle unsere Probleme inklusive Klimawandel lösen könnte. Ist das tatsächlich so? Schon mal vorweg: Klares NEIN. Auch Befürworter der Kernfusion wie z.B. Harald Lesch sagen ganz klar, was Fakt ist: Wir sind immer noch in der Grundlagenforschung bei der Kernfusion und hangeln uns von Irrtum zu Irrtum. Auch Chinas Rekord von 403 Sekunden stabiler Temperaturen von 100 Mio. Grad heißem Plasma ändern nichts daran.

Zu den Fakten: Für eine Kernfusion braucht man extrem hohe Temperaturen und extrem hohen Druck. Die Temperaturen bekommen wir mittlerweile hin. Der Rekord beim Druck liegt bei unglaublichen 7,7 Mio. Bar in einer Stempelzelle. Zwei Nanodiamanten werden dabei aufeinander gepresst mit einem Druck, der doppelt so hoch ist, wie im inneren Erdkern. Dazwischen befindet sich eine Osmiumprobe. Osmium ist das Element mit der höchsten bekannten Massendichte. Es kommt zu einer Interaktion der Kernelektronen wodurch die Materialstruktur geändert wird. Und das in einem ansonsten sehr stabilen Metall. Leider ist dieser Druck immer noch etwa 32.000-mal weniger groß als der Druck in der Sonne. Dieser liegt bei etwa 250 Mrd. Bar und hält die Kernfusion stetig in Gang. Um den fehlenden Druck zu kompensieren, erzeugen Forscher heutzutage höhere Temperaturen als die 15 Mio. Grad der Sonne. Ziel ist es, sogenanntes Plasma zu erzeugen. Neben fest, flüssig und gasförmig ist Plasma der vierte Zustand. Darin löst sich die bekannte Atomstruktur auf. Atomkerne und Elektronen werden voneinander getrennt. Anders als bei der Kernspaltung in herkömmlichen AKW verschmelzen Kerne bzw. fusionieren. Dabei wird eine hohe Energie freigesetzt, die man irgendwann kommerziell nutzen möchte.

Die Fertigstellung des bekannten Versuchs-Kernfusionsreaktors ITER (International Experimental Reactor) in Frankreich, an der 35 Staaten inklusive Deutschlands teilnehmen, war einmal für das Jahr 2000 angekündigt. Baubeginn war dann 2007. Später wurde 2025 als Ziel ausgegeben und die erste Fusion für 2036 geplant. Die derzeitige Fertigstellung für 2035 ist schon jetzt nicht mehr zu halten.

Die Kosten waren einmal mit 5,5 Mrd. Euro geplant. Im Moment würden sie aber schon bei bis zu 50 Mrd. Euro liegen. Tendenz steigend.

Das Ziel ist es, den Fusionsprozess bis zu etwa acht Minuten am Stück aufrecht zu erhalten, in welchem sich zwei Wasserstoffatome, Deuterium und Tritium, zu einem Helium-Atom verbinden. Dabei wird viel Energie freigesetzt. Radioaktiver Abfall entsteht zudem in kaum nennenswerten Mengen. Doch es gibt bei der ganzen Geschichte nicht ein oder zwei Hindernisse, sondern gleich vier zentrale Problemfelder, die man seit den ersten Versuchen nicht lösen kann.

Erstes Problem: Das Plasma wird zwar in einem Vakuumgefäß mithilfe eines Magnetfelds zusammengehalten, doch trotzdem ist die innere Wand dieses Gefäßes unglaublichen Temperaturen ausgesetzt. Es gibt kein Material auf der Erde, dass diesen Anforderungen für längere Zeit entspricht oder auch nur nahekommt, sagt z.B. Teilchenphysiker Michael Dittmar der ETH Zürich. Auch Michel Claessens einer der Verantwortlichen für ITER und Mitglied der EU-Kommission gibt zu, dass es keine Lösung für die innerste Schicht des Reaktors gibt. Man benutze dafür Beryllium, was einer dauerhaften Beanspruchung aber nicht standhalten wird.

Zweites Problem: Tritium oder super-schwerer Wasserstoff kommt in der Natur tatsächlich kaum vor. Er hat auch nur eine Halbwertszeit von 12,3 Jahren. Das ist übrigens das gleiche Zeug, was in Fukushima gerade zusammen mit großen Mengen Wasser in den Ozean geleitet oder in Leuchtziffern in Uhren eingesetzt wird. Es hat etwa 1000-fach niedrigere Wirkung auf Menschen als radioaktives Cäsium. Im Menschen selbst wird Tritium schnell wieder ausgeschieden bei einer Halbwertszeit von nur 10 Tagen. Die Gefahr, Fehler in der Erbsubstanz auszulösen, ist noch nicht komplett erforscht. Allerdings sind die Mengen, die in Fukushima über 30 Jahre verdünnt in rund 1,34 Mio. Tonnen Wasser langsam abgegeben werden unter dem auch zuvor schon zugelassenen Wert als das AKW noch intakt war. In der gesamten Biosphäre gibt es nur rund 3,5 Kg (!) natürliches Tritium. Der weltweite Vorrat lag mal bei ca. 20 Kilogramm. ITER benötigt zwar nur wenige Gramm für eine Plasmaladung, wird in seiner geplanten Betriebsdauer aber den kompletten Vorrat benötigen. Künftige Kraftwerke in industriellem Maßstab würden ca. 70 Kilogramm Tritium pro Gigawatt Leistung benötigen. Bislang gibt es keine externe Quelle, die diesen Bedarf decken kann. Die Überlegung, Tritium selbst in Fusionsreaktoren zu erzeugen, ist bislang nur theoretisch. Eine Technik, die das ermöglicht, ist für ITER noch nicht gebaut oder getestet worden.

Drittes Problem: So verlockend und genial mögliche zukünftige Erfolge sein könnten, auch die größten Optimisten unter den beteiligten Wissenschaftlern sind sich einig. Für das Erreichen einer dringend benötigten Klimaneutralität ist die Kernfusion nicht relevant. Denn sie würde, wenn sie gelänge, viel zu spät kommen. Die Planung von kommerziellen Reaktoren würde vielleicht weit in der zweiten Hälfte des Jahrhunderts geschehen. Die Planung wohlgemerkt. Bis dahin gibt es schon jetzt völlig ausgereifte Konzepte, die erstens wesentlich einfacher, zweitens günstiger und drittens sicherer greifen. Wenn man denn investiert.

Viertes Problem: Die erzeugte Wärme aus ITER reicht nur, wenn es denn irgendwann funktioniert, in kurzen Phasen dafür aus, 1,5-mal so viel Strom zu erzeugen, wie vorher aufgewandt wird. Der Überschuss 1:10, der immer wieder genannt wird, vergleicht lediglich den Strom zum Heizen des Plasmas mit der erzeugten Wärmeenergie, NICHT mit dem produzierten Strom. Kommerzielle Reaktoren müssten also viel größer und dadurch wesentlich teurer sein als das Milliardenprojekt I-TER, wenn sie überhaupt so viel Strom erzeugen sollen, wie ein heutiges AKW. Vor dem Hintergrund immer günstiger werdender Energie aus Wind und Sonne und der fortschreitenden Entwicklung bei der Speicherung schon rein wirtschaftlich gesehen nicht zielführend.

Am Ende lassen sich für mich drei grundlegende Ergebnisse festhalten:

1. Kernfusion wird uns nicht kurzfristig helfen. Selbst China mit dem ambitionierten Ziel, bis 2035 ihren Test-Reaktor (CFETR) fertigzustellen, wenn alles funktioniert, hofft auf eine Energieausbeute von max. zwei Gigawatt. Eine Leistung von zwei Steinkohleblöcken oder zwei kleinen AKW-Blöcken. Und selbst dies wird auch nur klappen, wenn China die Probleme 1 und 2 löst. Nummer 3 wird nicht mehr gelöst werden können.

2. Alles, was bestimmte Politiker an Träumerei und Fantasien zu Kernfusion und Klimawandel-Lösung verbreiten, hat Nullkommanichts mit wissenschaftlicher Realität zu tun. Punkt.

3. Und trotz alledem: Es ist neben allen anderen Anstrengungen völlig richtig, weiter zu forschen. Die potenziellen Vorteile sind so hoch, dass es vollkommen verrückt wäre, nichts zu tun. Sollte eines Tages Kernfusion kommerziell erfolgreich sein, würde sie eine fast unerschöpfliche Energiequelle darstellen. Und das ist ja ein Grundprinzip der Forschung. Fehler machen und aus ihnen lernen. Das Ziel ist dabei häufig der Weg. Und wie Harald Lesch sagt: „ITER ist ja auch der lateinische Name für ‚der Weg'."

Ziele

Als er 1983 für das Gruppenfoto unter Profi-Athleten posierte und man ihm davon abriet, an dem 875 km Ultra-Marathon in Australien teilzunehmen, trug er einen Overall und Gummistiefel. Viele lachten über den 61-jährigen Farmer Cliff Young. Und tatsächlich war er deutlich langsamer als die 20- bis 30-jährigen Top-Athleten, die von Sydney bis Melbourne liefen. Doch während die anderen in den kommenden Tagen jede Nacht etwa fünf bis sechs Stunden schliefen, lief Young einfach weiter und gewann das Rennen. Der 18/6-Lauf-Schlaf-Rhythmus war ihm völlig unbekannt. Es war wohl eine der größten Sensationen der Sportgeschichte. Am Ende kam er zehn Stunden vor dem Zweiten ins Ziel. Auf die Frage, wie er das schaffen konnte, sagte Young, er müsse bei jedem Unwetter raus und manchmal tagelang seine Schafe in Sicherheit bringen. Zu Fuß, weil sich die Familie weder Pferde noch einen Traktor leisten könne. Die 10.000 Dollar Preisgeld schenkte Young anderen Läufern. Er machte mit, weil er Spaß dran hatte und wusste gar nichts von dem Preisgeld. Sein Laufstil wurde später unter dem Namen ‚Young-Shuffle' von zahlreichen Spitzensportlern kopiert. Sein letztes Rennen bestritt Curtis Young mit 77 Jahren 1999. Er kam nach 492 km als 13. ins Ziel. Mit 81 Jahren starb er. 2013 wurde seine Geschichte für das australische TV verfilmt. Eine wunderbare Geschichte über das scheinbar Unmögliche.

Bürgergeldempfänger

„Wir haben 5 Mio. Empfänger von Bürgergeld und überall ist Fachkräftemangel! Die sind einfach nur faul!" Ist das so? Gehen wir das doch mal durch. Nach Abzug der Kinder, Aufstocker usw. bleiben ca. 1,7 Mio. tatsächlich Arbeitslose übrig. Die Hälfte davon findet i.d.R. innerhalb eines Jahres Arbeit. Die andere Hälfte sind die Langzeitarbeitslosen. Diese sind auf dem ersten Arbeitsmarkt schwer vermittelbar. Und das nicht, weil sie dumm oder faul wären. Die allermeisten von ihnen wollen trotz falscher oder fehlender Qualifikation arbeiten. Viele können aufgrund ihres Alters oder der Gesundheit keine acht Stunden fegen oder putzen. Ich stelle mir da z.B. immer einen Peter Altmaier vor, wie der das wohl schaffen sollte. Das nur so nebenbei. Insgesamt ist die Entwicklung seit 2005 sogar trotz der Pandemie insgesamt nicht besonders negativ. Wer behauptet, Arbeitslose seien faul und würden sich mit dem Bürgergeld einen Lenz machen, hat von der Realität keinen Plan, keine Argumente und wahrscheinlich eine verklärend romantische Vorstellung davon, wie weit man bei Rewe, Lidl, H&M, C&A usw. mit 502 Euro (bzw. demnächst 563 Euro) kommt. Und allein Klamotten und Essen bedeuten noch keine soziale Teilhabe. Bei der derzeitigen Inflation und den Stromkosten sind z.B. die Bezahlung unvorhergesehener Reparaturen oder ein Kinobesuch völlig illusorisch. Im Gegenteil. Armut, besonders die langfristige, grenzt aus, macht Ängste und Sorgen, verändert Denkstrukturen - besonders schlimm bei Kindern - und macht viele Betroffene erst recht krank. Psychisch krank. Der Status Quo wird nicht verbessert. Willst du eine heile Gesellschaft, brauchst du Angebote auf allen Ebenen. Möglichst niederschwellig. Aber die zentrale Frage ist ja, ob das gesellschaftlich überhaupt gewollt ist.

Feministische WAS??

Warum feministische Außenpolitik tatsächlich globale Bedeutung hat? Eine gönnerhafte Geste von Merz im Bundestag, die Al Bundy alle Ehre gemacht hätte, bei einer Rede Baerbocks sagt zwar mehr als tausend Worte, aber mal konkret: Wer Frauen Zugang zu Bildung, Teilhabe und Mitbestimmung ermöglicht, macht tatsächlich die Welt und das Leben besser. Warum ist das so? Einige Fakten anhand dreier Beispiele:

1. Männerdominanz führt zu Überbevölkerung. Dort, wo Frauen die gleichen Möglichkeiten haben, ihr Leben zu gestalten und Berufe auszuüben, reguliert sich die Bevölkerung von allein. In Bangladesch zum Beispiel haben Frauen mittlerweile viel mehr Einfluss als früher. Geburtenrate 2,0. In Niger, wo über 20% der Frauen beschnitten sind und eher wenig bis gar keinen gesellschaftlichen Einfluss haben, liegt die Geburtenrate bei fast 7. In Gebieten mit Männerdominanz haben wir durchschnittlich eine Rate von 5. Wer Überbevölkerung angehen will, muss die Position der Frauen stärken. Zum Beispiel durch Bildung.

2. Wer verschmutzt die Umwelt? Meistens Männer. Wer ist sensibel für die Gefahren, die durch Klimawandel und Verschmutzung oder Überfischung droht? Eher Frauen. Je nach Quelle sind etwa 70% Frauen anteilig in Umweltschutzorganisationen tätig und tun aktiv etwas. Wer leidet unter Folgen wie Überschwemmungen? Eher Frauen. Denn ihnen wurde nicht beigebracht zu schwimmen oder sie und ihre Kinder werden zu spät gewarnt. Kein Scherz. Wir reden hier über Gebiete, in denen der Mann das Smartphone bei sich führt und über Apps gewarnt wird, während die Frau auf dem Feld arbeitet oder sich um die Kinder kümmert.

3. Gewalt. Überall in der Welt geht Gewalt meistens von Männern aus. Es gibt Ausnahmen in jeder Kultur, aber die Zahlen verursachter Gewaltverbrechen und die Quoten inhaftierter Männer unter den Gewalt-Delinquenten sind erdrückend deutlich. Und zwar in allen Altersklassen. In Deutschland waren bei den Tatverdächtigen von Gewaltkriminalität die Unterschiede allein in der Altersklasse 14-18 Jahre nicht extrem groß. Und da reden wir über ca. 300 Frauen und ca. 1650 Männer Tatverdächtige z.B. im Jahr 1998 um mal die Ausnahme zu nennen. In allen anderen Altersklassen und auch aktuell sind die Unterschiede wesentlich größer. Der Faktor liegt bei fast 20! Es erstaunt dann auch nicht, dass Männer häufiger Opfer von Gewalt sind, jedoch nicht im gleichen Verhältnis wie bei den Unterschieden bei den Tatverdächtigen. 2020 gab es ca. 600.000 männliche Opfer und 400.000 weibliche Opfer von Gewaltverbrechen. Und wir reden über Deutschland, nicht über Länder, in denen Frauenrechte quasi nicht existieren. Also die Adressaten feministischer Außenpolitik.

Zusammenfassung: Wer die Welt besser machen will, stärkt Frauen auf allen Ebenen. Wer dies nicht tut, hat wohl eine andere Motivation. Zu beobachten bei Männern (oder wie manch einer sagt: Paschas), für die männliche Attribute aus einer anderen Epoche stammen und deren größte Heldentat es ist, einem armen unselbstständigen Fräulein die Tür zur Küche zu öffnen, damit sie in Ruhe die Welt am Sonntag lesen können. Allein das Wort Feminismus löst bei ihnen Allergie-ähnliche Zustände aus, als fürchteten sie um ihre Fruchtbarkeit. Ich für meinen Teil sage ‚ja' zu feministischer Außenpolitik, auch wenn viele Leute dies nicht für wichtig halten oder es als leere Worthülse ohne Taten abtun.

„Wir werden Lösungen nur finden,
wenn wir einander zuhören."

Igor Levit, Pianist

Teil 5

Dies, das, Ananas. Wie Deutschland funktioniert.

Viel Spaß nun mit dem abschließenden Teil. Ein Sammelsurium meiner Gedanken zur praktischen Weltverbesserung. Würde man nur die Hälfte der folgenden Vorschläge und Wahrheiten konsequent umsetzen, ...würde sich mit Sicherheit nicht viel verändern. Denn machen wir uns ehrlich: Die Menschheit besteht zu 99 Prozent aus Erfahrungslerner:innen. Es muss immer erst richtig weh tun, bevor wir etwas ändern. Und selbst dann vergessen wir wieder alles ganz schnell, wenn ein Problem gelöst scheint. Oder einfach auch nur, wenn darüber nicht mehr täglich berichtet wird. Und das ist ja auch normal und sinnvoll. Evolutionär geschickt sozusagen. Ein Problem nach dem anderen lösen und sich nicht im Kleinklein verrennen. Und es hat so lange Sinn gemacht. Aufstehen, Hunger, Jagen, Essen, Fortpflanzung, Schlafen. Warum konnten wir uns damit nicht zufriedengeben?

Jetzt haben wir den Salat. Wir mussten ja unbedingt sesshaft werden, uns den Rücken auf dem Acker kaputt machen und Besitz anhäufen, welchen wir wiederum verteidigen mussten. Unter teils großen Verlusten. Tatsächlich lässt sich bei den Knochen der ersten Bauern feststellen: Das war nicht gut für die Bandscheiben und die Körperhaltung. Und wofür das Ganze? Damit wir jetzt mit ähnlicher Haltung auf Bildschirme gucken und über dumme Leute lachen, die wir sonst nie kennen gelernt hätten. Aus gutem Grund übrigens. Es ist ganz erstaunlich. Angesichts der zahlreichen Krisen und Probleme, die ja real sind und uns jetzt medial im Sekundentakt um die Ohren gehauen werden, verfällt das ein oder andere Individuum denn auch biologisch sinnvoll in das steinzeitliche Verhalten zurück und kümmert sich maximal um das eine Problem, dass gerade zumindest persönlichen Vorrang hat. „Ich hab keine Zeit. Muss mein Auto waschen.“ oder „Kevin muss nach Hause. Das Essen wird kalt.“ oder „Geht nicht. Bin gerade im Internet mit was beschäftigt.“, sind hier Klassiker der modernen Selbstoptimierung und schützen uns vor unnötigen Belanglosigkeiten wie der Flüchtlingspolitik oder der Umgestaltung der Wirtschaft zum Wohl unseres Planeten. Wozu hat man schließlich die Politiker? Wir werden ja nicht für die Lösung bezahlt.

Gleich

Wenn Gleichstellung gar kein Thema ist, sollte es jeder Mann spielend hinbekommen

- beim kranken Kind zu Hause zu bleiben.

- mit den Kids Klamotten zu kaufen.

- Arztbesuche zu machen.

- Termine in der Schule zu übernehmen und mit den Lehrkräften in Kontakt zu stehen.

- auf Sportveranstaltungen das Kind anzufeuern, sich bei der Essensversorgung einzubringen und bei der Organisation zu helfen.

- jedes Jahr Unterrichtsmaterialien zu besorgen und Schulbücher zu bestellen. Usw. Zudem schafft jeder Arbeitgeber die Grundlagen und Strukturen, dass Tätigkeiten, die sonst Frauen zugeschrieben und von ihnen erwartet werden, ebenso von Männern erledigt werden können und auch erledigt werden. Macht ihr doch schon alle so, oder? ODER?

Königin Fußball

Der Spieltag ist zu Ende, die Meisterschaft gewonnen. Nach dem Spiel werden wieder hunderte besoffene Frauen überall hin pinkeln, hin kotzen, teils randalieren, unbeteiligte Männer in der Stadt blöde anmachen... Morgen ertönt auf dem Marienplatz ein Chor mit wildem lautem Gegröle aus Alt und Sopranstimmen. Tausende Männer sitzen allein zu Hause, sind mit ihren Kindern auf dem Spielplatz oder treffen sich mit ihren drei bis fünf besten Freunden auf einen Latte in einem ruhigen Bio-Café, um sich über die neuesten Trends zu Ernährung und Mode auszutauschen und sind froh, dass die bekloppten Frauen unter ihresgleichen ihre femininen Energien aufladen und ihre angestauten Aggressionen entladen können. Ja, Fußball ist der schönste Sport der Welt. Aber nur der richtige, nicht Männerfußball. Die jammern nur herum und fallen bei jeder Berührung auf die Schnauze diese Lappen. Laufen mit dem Ball vorm Schiri weg wie Kinder, die kein Twix am Quengel-Regal bekommen. Wollen Millionen für ein bisschen Schaulaufen und verkaufen ihre Fresse für so ethisch einwandfreie Dinge wie Bwin. Oder war es BMW? Egal.

PS: Kann natürlich sein, dass ich ein wenig durcheinandergebracht habe. Ich gucke nicht so viel Fußball. Das letzte Mal, dass ich wieder nichts geguckt habe, war bei dieser Wüsten-WM, wo Männer und Heteros ausgeschlossen wurden.

Klima und FDP

Folgen des Klimawandels für das Wattenmeer:

- Gefährdung der Wattflächen, Salzwiesen, Dünen, Strände und Inseln durch Meeresspiegel-Anstieg und der damit verbundenen Erosion

- Fehlende Nahrungsflächen für 10 Mio. Wat- und Wasservögel

- Überflutung der Brutstätten

- Vernichtung von Seegraswiesen durch Wassererwärmung. Diese speichern Unmengen an CO2, produzieren Sauerstoff, verhindern Erosion und sind Lebensraum von Fischen und anderen Wassertieren.

- Ansiedlung fremder Arten wie der pazifischen Auster mit ungewissen Folgen für das gesamte Ökosystem und alle Nahrungsketten.

FDP so: „GEIL! AUSTERN!“

Schwurbelkopp

Gespräch mit einem Klimawandel-Leugner.

Er: „Zur Zeit der Dinosaurier war die CO2-Konzentration um ein Vielfaches höher als jetzt und das Leben blühte förmlich!“

Kumpel: „Das ist halt der Unterschied, wenn die CO2-Konzentration über Millionen von Jahren langsam steigt oder wir das in 200 Jahren machen. Nennt sich Anpassung. Aber wenn du meinst, dass es besser ohne Infrastruktur ist, kannst du ja gerne wie zur Zeit der Dinos leben: Massive Vulkanausbrüche durch Erdplattenverschiebung, saurer Regen, scheiß Hitze und um dich herum lauter Dinosaurier, die den ganzen Tag schlimmer furzen und Methan ausstoßen als alle Rinder dieser Welt zusammen. Viel Spaß!“

Geld

Bereitstellung von 100 Mrd. Dollar zur Rettung der Credit Suisse? Dauer 48 Stunden. Bereitstellung von 100 Mrd. Dollar für Energiewende und Klimamaßnahmen? Zusage vor elf Jahren. Ratet. Wenn man sich fragt, warum Länder des globalen Südens Verpflichtungen nicht ganz so ernst nehmen, liegt es unter anderem an diesem einen Beispiel von zahlreichen. Das Einzige, was ein Klimagipfel konkret hervorbringt, sind Kosten, CO2 und viel heiße Luft. Ungünstig angesichts der zunehmenden Erwärmung. Und gerade, wo ich diese Zeilen tippe, erklärt die Creme der Klima-Wissenschaftler Paris für gescheitert. Mal wieder.

AFD 1

WAS BILDEN DIE SICH EIN? Abschaffung des Mindestlohns, Steuergeschenke für Reiche, mein türkischer Hausarzt wird abgeschoben und ich darf nicht mehr heiraten, wen ich will. Als nächstes muss ich jeden Tag Eisbein fressen und die Ölheizung wird Pflicht! Verbotspartei!!

AFD 2

Hey du Kackfaschist! Ich wasch dich solange mit Bio-Colorwaschpulver, bis man aus den Fusseln in deinem Bauchnabel ne Regenbogenflagge basteln kann. Glaubst du nicht? Ist aber so!

AFD 3

Stell dir vor, du hast Jahrzehnte hinter einer Mauer gelebt, bist dann Jahrzehnte frei und wählst jetzt Leute, die am liebsten wieder eine Mauer um dich herum bauen möchten. Was bedeutet eigentlich Freiheit für dich?

Vornamen

Robert, 16

Tim, 15

Walter, 10

David, 9

Bernd, 9

Erwin, 6

Markus, 5

Karel, 5

Udo, 5

Günter, 5

Martin, 4

Ines, 4

Jens, 4

Yanqing, 4

Sabine, 3

Helmut, 3

Adam, 3

Abdirahman, 3

Bernd, 2

Filip, 2

Nikolai, 1

Gor, 1

Links: Die Namen. Daneben: Die Anzahl ihrer Todesopfer.

Die Anzahl der Verletzten habe ich nicht vermerkt. Die Täter:innen sind im Teenageralter bis über 70 Jahre alt. Es sind Schüler:innen, Handwerker:innen usw. verschiedener Herkunft. Sortiert ausschließlich nach Anzahl der Opfer 1949 bis 2022 in Deutschland. Wobei 15 der Taten nach 2000 stattfanden. Alles verschiedene Menschen. Keiner gleicht dem anderen. Aber eine Sache vereint fast alle: Sie sind oder waren alle psychisch krank, sozial isoliert, gekränkt, verzweifelt oder alles zusammen. Können wir endlich aufhören, über Namen zu reden, sondern stattdessen über Menschen? Und darüber, wie man in Zukunft solche Taten und das Leid der Opfer präventiv verhindert. Mein tief empfundenes Beileid den Angehörigen.

Alkohol

Wann du bei den Jungs der König bist:

Wenn du am meisten von allen saufen kannst ohne umzukippen.

Wann du von den Jungs ausgestoßen und verachtet wirst:

Wenn du Alkoholiker bist.

Deutsch - FDP

krank - faul

schwanger - arbeitsunfähig

arbeitsunfähig - faul

HartzIV - Armut

arm - faul

Tafel - Gratismentalität

Porsche - reich

reich - fleißig

fleißig - gut

gut - FDP

Geld - Sinn des Lebens

Wirtschaft - Liebe

Liebe - Sex

Sex - Geld

Blabla

Neulich Sie: „Dann wollen wir mal hoffen, dass mein Flug nicht wegen des Streiks ausfällt. Das kann ja noch heiter werden."

Ich: „Es gäbe ja eine einfache Lösung."

Sie: „Wie denn?"

Ich: „Den Arbeitnehmern entgegenkommen."

Sie: „Das wird nicht klappen. Wer soll das denn alles bezahlen? Das sind unverschämte Gehaltsforderungen."

Ich: „Rein rechnerisch wird am Ende nicht mal ein Inflationsausgleich herumkommen."

Sie: „Aber ich zahle schon 50% Steuern. Das kann doch nicht so weitergehen."

Ich: „Vielleicht sollten wir das Thema wechseln."

Sie: „Nee, nee, ist schon in Ordnung. Was ist ihre Meinung dazu?"

Ich: „Ich zahle auch kräftig Steuern und spende jeden Monat, weil ich nichts auszustehen habe. Wir reden hier auch über viele Menschen, die bereits Probleme haben, sich über Wasser zu halten. Das fängt bei manchen schon mit den Lebensmitteln an."

Sie (Schnappatmung): „Das stimmt. Da muss die scheiß Regierung unbedingt was tun. Ich habe mich ja letztes Jahr noch für die Flüchtlingshilfe engagiert. Aber da hat jetzt auch keiner mehr Verständnis für."

Ich: „Da sagen sie was. Ich zum Beispiel hätte mir auch eine Kanzlerin ohne FDP gewünscht."

Sie (fast Aussetzer beim Atmen): „NEE! Bloß nicht die! Wir brauchen unbedingt die Liberalen, wir brauchen eine Mitte!!!"

Ich: „Okay, also ich brauche die Liberalen nicht und es kommt ja auch ein wenig drauf an, was man unter ‚Mitte' versteht. Ist auch alles nicht so wichtig, weil, wenn wir nicht mehr gegen den Klimawandel machen, werden wir die Flüchtlingsströme aus den Ländern, die uns zum Beispiel mit billigen Lebensmitteln und Futter-Soja für unser täglich Billig-Schnitzel versorgen, sowieso nicht aufhalten können."

Sie: „... Äh, ... Mmh, ... ja, das ist richtig. Scheiß Politiker, die kannst du alle in der Pfeife rauchen."

Ich: „Ich bin nicht sicher. Wenn man in die Lobbyregister guckt, oder welche Parteien von welchen Firmen die meisten Spendengelder bekommen, wer durch Nebentätigkeiten bei bestimmten Branchen der

Finanzwelt oder beim Industriesektor ein Vielfaches dessen bekommt, was er als Abgeordneter verdient, zeichnet sich ein ziemlich eindeutiges Bild ab, wer für wen in diesem Land Politik macht. Nicht zu vergessen die zahlreichen schmutzigen Geschäfte und Affären der letzten Jahrzehnte, in deren Mittelpunkt fast ausschließlich Politiker der sogenannten Mitte standen."

Sie: „Das sind doch nur die offiziellen Quellen! Allesamt betrügen sie. Nur manche verstecken das besser."

Ich: „Da höre ich jetzt so ein bisschen grundsätzliches Misstrauen gegenüber der Demokratie raus?!"

Sie (ohne zu zögern): „JA, DAS STIMMT! Ich vertraue da keinem mehr. Ich muss ja auch sehen, wo ich bleibe."

Auszug eines Gesprächs nach Gedächtnisprotokoll mit einer Person mit ca. 15 bis 20k Bruttoverdienst. Und was mir zu denken gibt: Sie ist tatsächlich noch eine von den Netteren und Hochqualifizierten.

Geburtsrecht

Solange wir uns das Maul zerreißen über Täter, ob nun deutsch, türkisch oder klingonisch und das Opfer nach fünf Minuten vergessen, anstatt über Prävention zu reden und in die Zukunft zu investieren - nämlich unsere Kinder und Jugendlichen -, ist es kein Wunder, dass der Ruf nach schnellerer und härterer Bestrafung immer lauter wird. Die populistischen Schreihälse indes interessieren sich dabei weder für das Opfer noch das Umfeld, sondern nur für die eigene Macht und treiben danach die nächste Sau durchs Dorf. Gestern waren es die Flüchtlinge, heute sind es Menschen anderer Hautfarbe, morgen sind es Menschen anderer Religionen oder Alte, Kranke, Queere. Es sind oft Menschen, die es nicht als selbstverständlich und gottgegeben nehmen, Recht zu haben, nur weil sie hier geboren sind.

Reiche Teil 1

Ich bin dafür, vor allem Reiche nicht mehr zu besteuern, damit sie endlich genug investieren können, um alle Menschen mit Arbeit und Wohlstand zu beglücken. Natürlich ganz zu ihren Bedingungen! Das hat noch nie jemand ausprobiert. Oder?

Reiche Teil 2

Als Arbeitsminister wäre meine erste Amtshandlung, 1-Euro-Jobs für arbeitslose Reiche einzuführen. Der Park will ja schließlich gefegt werden.

Verzicht

Beim ganzen Klima-Gedöns geht es übrigens nicht um euren Urlaub oder die lang ersehnte Weltreise. Es geht nicht darum, dass das Elektro-Auto scheißteuer ist. Auch nicht geht es darum, dass ihr euch verschulden müsst für Wärmepumpe und Photovoltaik zur kompletten Eigenversorgung. Es geht noch nicht mal darum, dass ihr kein Fleisch mehr essen dürft oder ab und an ein Vollbad genießt. Locker bleiben. Es geht darum, dass ihr nicht zwanzigmal im Monat von München nach Berlin den Kerosin-subventionierten Kurzstreckenflug statt der Bahn nehmt, damit ihr 10 Minuten einspart. Es geht darum, dass ihr nicht übers Wochenende nach Mallorca jettet, weil Ryanair noch einen 29 Euro-Platz frei hat. Es geht darum, auch mal das Fahrrad zu nehmen, die Öffis oder - ganz crazy - zu Fuß zu gehen, wenn es irgendwie möglich ist. Es geht darum, nicht jeden Tag eine halbe Stunde unter der Dusche zu verbringen bei 45 Grad und täglich eine halbe Kuh zu verputzen. Aber vor allem geht es darum, einfach nicht mehr so viel zu konsumieren. Ihr dürft gerne auch mal drei Stunden sparen für den Wollpullover, das Ökotex-T-Shirt, die Karte für das Konzert, das ein oder andere regionale Produkt, das Bio-Lebensmittel. WENN ihr es könnt. Und ich weiß, dass viele es könnten.

Das bringt nichts, diese kleinen dummen Schritte? Doch. Genau diese kleinen Schritte sind es, die wir in der Hand haben und womit wir Einfluss üben können. Unterzeichnet meinetwegen Petitionen, spendet für Greenpeace. Whatever. Aber glaubt nicht, dass ihr allein das große Ganze lösen müsst. Es sind die vielen kleinen Dinge, die den CO2-Fußabdruck kleiner machen und eure Welt und die der anderen verändern. Die Masse macht es. Besser einmal die Woche regelmäßig zum Sport und eine langfristige Verhaltensänderung beim Essen als 4 Wochen Crash-Diät und Karteileiche im Studio, weil man wieder aufgibt. Sofortige Bedürfnisbefriedigung ist out und führt nur ins Unglück, denn je mehr man in eine Sache an eigener Leistung investiert, desto größer und anhaltender die Freude daran.

Jeder kann sich an sein erstes Auto erinnern. Das Gefühl, unabhängig zu sein. Dorthin zu fahren, wo man es möchte. Mit dem zweiten Auto wird es vielleicht komfortabler, aber nie mehr schöner. Elektrische Fensterheber. Toll. Mehr PS. Super. Das Gefühl verblasst. Konsum macht nicht wirklich glücklich. Mehr und besser ist kein Füllstoff für Glück. Es sind die Menschen um uns herum, die uns lieben und die uns etwas bedeuten. Es sind gemeinsame Erlebnisse und Pläne. Es ist sozialer Austausch und Handeln. Am Ende ist es das Gefühl, selbst gelebt und etwas Sinnvolles getan zu haben. Abtreten zu können mit dem Wissen, dass man alles für die folgende Generation, vielleicht die eigenen Kinder, getan hat, damit diese eine Zukunft hat, die lebenswert ist. Es ist nicht der Sinn, möglichst viel zusammengerafft zu haben. Weder wirtschaftlich noch menschlich Macht zu vergrößern und auszuüben. Nichts davon kann man mitnehmen, nichts davon hinterlässt positive Spuren. Der letzte formulierte Gedanke eines bekannten Pastors, der Zeit seines Lebens Konfirmanden gedemütigt und sich über andere lustig gemacht hat, soll gewesen sein: „Ich kann noch nicht sterben, ich muss noch so viele Menschen um Verzeihung bitten!“

Dann starb er.

Lifehack für den Sommer

Bei den Temperaturen dran denken Leute!

1. Viel bewegen, vor allem draußen!

2. Wenig trinken!

3. Fettreich essen!

4. In der Sonne aufhalten und mit Butter eincremen. Vitamin D ist lebensnotwendig!

Später folgen die Hinweise für Nicht-AFD-Wähler!

Verbotspartei Teil 1

Heizen, Fleisch, Gendern... alles will mir dieser Robert verbieten und vorschreiben. Verdammt, ich bin erwachsen und kein Kind mehr. Der führt sich auf wie meine Mama früher. Der Merz, das ist ein korrekter Dude! Der sagt, die Welt wird schon nicht gleich morgen untergehen. Da fühle ich mich ernst genommen, groß und frei. Das will doch jeder. Und wer weiß? Vielleicht ist das doch alles Quatsch mit dem Klimawandel und dem antro... anthrop... also, dass wir das überhaupt selbst verursacht haben. Im Schulbuch stand was von 0,04% CO2 in der Luft. Jetzt denkt mal nach. 0,04%! Das ist doch alles Verarsche. Ich glaube, die Wissenschaft ist auch schon von den Grünen bezahlt. Der Merz und der Söder, die wissen, was die Leute wirklich bewegt. Autos. Große, PS-starke Autos. Oder wollt ihr im Kommunismus leben wie die Chinesen mit ihren lächerlichen E-Autos? Nee, also Grün wähle ich nicht. Da müsste ich ja meinen Lebensstil komplett überdenken. Mach ich schon aus Trotz nicht. Wisst ihr Bescheid!

Verbotspartei Teil 2

ES IST 100%ig WAHR! Baerbock und Habeck sind daran schuld, dass

1. Fleisch verboten wird
2. euch eure Autos und Heizungen enteignet werden
3. der Strom ausfällt
4. das Land pleitegeht
5. Ausländer regieren
6. ihr verblödet seid und einen sehr kleinen Pimmel habt.

Wir müssen jetzt handeln!

1.- 5. KÖNNEN WIR NOCH VERHINDERN!!!

Ideal

In einer idealen Welt würden Frauen den Mund aufmachen können, wenn sie schlecht behandelt worden sind. Schreibt die wunderbare Nicole Diekmann in einem tollen Kommentar. Nun. Ich bin weniger anspruchsvoll und finde, auch in einer normalen Welt sollte dies selbstverständlich sein.

Protestwähler

Was ich aus Protest mache: Geschirrspüler nicht starten, bevor nicht alle ihr Geschirr runterbringen. Nichts einkaufen, was nicht rechtzeitig gewünscht wurde. Betont langsam zur Tür gehen, wenn jemand zum x-ten Mal den Schlüssel vergessen hat. Was mir aber tatsächlich zu kindisch, dumm und albern ist, um es aus Protest zu tun: Die AFDussel wählen. Eher würde ich aus Protest in der Fußgängerzone sitzen bleiben und schreien, weil mir keiner drei Kugeln mit Stracciatella kauft.

Gewalt

41 % der Frauen in Deutschland vermeiden es aus Angst, nachts allein das Haus zu verlassen.

75 % aller Frauen, denen Gewalt angetan wird, passiert dies zu Hause. Meist durch den eigenen Partner oder Ex-Partner.

Auch tagsüber übrigens. Und was Mord angeht: Tino oder Björn sind eine vielfach höhere Gefahr als Hassan mit einem Messer.

Let that sink in.

Grenzen

Wann Männer die Grenzen einer Frau nicht so gerne respektieren:

Wenn sie „NEIN“ sagt.

Wann Männer die Grenzen einer Frau recht gerne respektieren:

Wenn sie sagt, sie sei verheiratet oder habe einen Freund.

Frauen unter sich

Gestern durfte ich beim Abgeben eines Pakets am Kiosk Zeuge eines Gesprächs mit politischer Sprengkraft werden. Drei Frauen saßen rauchend und Kaffee trinkend beisammen.

Eine Frau: „...und die Baerbock hat ja nicht mal studiert... und die bekommt im Monat 120.000 Euro nur für Klamotten und Kosmetik.“

Andere Frau: „Ach echt?“

Erste Frau: „Ja. Hab ich alles im Internet gesehen. Und die hat noch viel mehr auf`m Kerbholz!“

Andere Frauen nicken ab. Ich hatte ganz kurz den Impuls, was zu sagen. Aber das Netz lügt halt nicht. Kann man nichts machen.

10-Punkte-Plan der AFD für die Zukunft

des doitschen Rei... äh, der Bundesrepublik

- Die Senkung des kognitiven Niveaus gegen eine ‚Intellektualisierung Deutschlands'. Alle bisher anerkannten Wissenschaften kommen auf den Prüfstand durch von der AFD handverlesene Experten. Leitung: Steffen Kotré.
- Eine rigide Ablehnung der Menschenrechte. Reine Bürokratie und Bevormundung.
- Beseitigung der EU. Braucht keiner. Siehe Großbritannien!
- Die Aufarbeitung der Corona-Maßnahmen durch Volksabstimmungen mit anschließender Vollstreckung des Urteils. Wahl zwischen Strick, Vierteilung oder Scheiterhaufen (für Frauen).
- Die Reaktivierung der abgeschalteten Atomkraftwerke und der Bau neuer Meiler mit moderner Technik aus Russland.
- Die Abschaffung des Öl- und Gasheizungsverbots bis Windräder und Photovoltaik erfunden worden sind.
- Die Abschaffung des Verbots von Verbrennern bei gleichzeitigem Verbot von Elektro-Autos, E-Bikes, Wärmepumpen und anderem Hexenwerk.
- Die Streichung der CO2-Abgabe auf Heizöl, Erdgas, Benzin oder Diesel bei sofortiger Einführung eines Belohnungssystems für die Förderung des für das Pflanzenwachstum unersetzlichen CO2! Sonderprämien für Methan werden noch geprüft.
- Die Erhöhung der Pendlerpauschale ab dem ersten Kilometer auf 5 Euro. Fahrradfahrten und der öffentliche Nahverkehr werden gemäß der Leitlinie ‚Der Markt regelt' mit 19 Prozent besteuert. Dafür wird ein Mautsystem für die verbleibenden Fahrradwege eingerichtet. Zudem wird der FÜHRER-Schein Pflicht für alle Reichs... äh Bundesbürger.

- Bau einer Mauer 2.0 um ganz Deutschland. Bewachung 24/7 durch Bundeswehr, Polizei und Grenzschutz. Für alle bewaffneten Einheiten gilt: Pflichtdienst ab 16 Jahren, natürlich nur für Männer. Prämie für jeden Abschuss.

Alles bleibt wie es ist

Meine Erwartungshaltung ist natürlich auch, dass Menschen, die Schutz suchen in meiner Bude keinen Ärger machen. Von meiner eigenen Familie, die in dieser heilen Welt aufgewachsen ist, würde ich das aber umso mehr erwarten und voraussetzen. An die, die mir schreiben, ich würde Deutschland hassen und zu viel kritisieren und ich könne ja auswandern: Nichts liegt mir ferner. Ich kritisiere, weil ich meine Heimat liebe! Würde ich Deutschland hassen, wäre es mir vollkommen schnuppe und ich wäre schon längst weg. Etwas zu lieben darf gerne Entwicklung miteinschließen. „Alles bleibt wie es ist“ hat keine Zukunft. Wachsen bedeutet Veränderung. Dann bleib halt im Sessel sitzen und disqualifizier dich selbst vom Diskurs. Wer was bewegen will, muss sich selbst bewegen.

„Warum müssen die Menschen Hunger leiden, wenn in anderen Teilen der Welt die überflüssige Nahrung weg fault? Oh warum sind die Menschen so verrückt?“*

Anne Frank (1929 - 1945)

*Pro Jahr werden ca. 60 Mio. Tonnen (!) Lebensmittel in Europa weggeworfen. In Deutschland sind es etwa 130 kg pro Kopf pro Jahr.

Bonus

Hoppers Sprüche

Eigentlich ist ein Mindestlohn ganz einfach zu gestalten. Man sollte halt erst mal wenigstens davon leben können. Sonst ist es ja doof. Oder denke ich zu kompliziert?

Ich war in Physik immer eine Niete, aber „Weg zum Kühlschrank multipliziert mit Kalorien gleich Masse" ist mir bis heute in Fleisch und Blut übergegangen.

Auch wenn du Milliarden hast – wenn du sie mit einer Null multiplizierst, ist klar, was rauskommt... Herr Musk.

Ich hab neulich eine kaputte Herzklappe ausgewechselt. WD 40 und Panzertape. Das geht immer.

Die Arschlöcherquote ist im Mittel unter allen Menschen aller Kulturen in etwa gleich. Außer bei Rassisten und Rechtspopulisten. Da gibt es ausschließlich Arschlöcher.

Deutscher Humor ist, wenn du aufgrund deines Aussehens oder deines Namens keine Wohnung bekommst und Klaus-Dieter auf der Arbeit sagt, du musst dich halt nur besser integrieren.

In was man für die Zukunft investieren muss: Aktien

In was man nicht für die Zukunft investieren soll: Menschen

MFG, ihre FDP

+++Breaking News+++

Die Ereignisse überschlagen sich. Aiwanger verliert in Umfragen schlagartig 50% der Wähler wegen eines Fotos. Es zeigt ihn dahoam vor einer Wärmepumpe, Rügenwalder vegane Hackbällchen speisend in rosa Leggings.

Frage an Aiwanger: „Wie heißen sie?“

Antwort: „Ich kann das nicht genau erinnern. Es ist über 50 Jahre her, dass mir meine Eltern einen Namen gaben.“

Aiwanger will sich und seinem Gefolge die Demokratie zurückholen. Stellt sich die Frage, an welcher Stelle er sie verloren hat.

Berufliche Alternativen für Aiwanger, die seinem Talent entsprechen, Teil 1:

Bei Lidl an der Brotschneidemaschine die Brotkrümel mit einem Strohhalm aus den Ritzen saugen. Systemrelevant und äußerst sättigend.

Während manche Menschen nur ein einziges Brett vorm Kopf brauchen, ist Aiwanger schon allein ein ganzes Hornbach-Projekt.

Manchmal, wenn ich eine Formulierung mit korrektem Satzbau von Aiwanger lese, dann denke ich: Okay, Lernen kann man nicht verhindern.

Wir Norddeutschen sind so gesprächig. Hier wartet man hinterm Carport, bis der Nachbar mit der Mülltonne zurück ist, um ihm nicht zu begegnen.

„Jedem Diktator wohnt ein Ende inne.“ (Rubrik selbstgemachte Sprichwörter) FCKPutin.

Wie gerne wäre ich dabei gewesen, als mein Vater als Student in der Pension die Treppe runtergefallen ist und noch auf dem Boden liegend der Wirtin auf die Frage: „Was machen sie denn da, Herr Hopper?“ geantwortet hat: „So gehe ich immer die Treppe runter!“

Ich habe gerade so viel zu tun. Der erste Punkt auf meiner To-Do Liste ist: „Mache eine To-Do Liste!" Weiter komme ich gerade nicht.

Hallo. Es tut mir leid, dass ich dir entfolgt bin. Ich habe kein Problem mit Satire, Ironie, schwarzem Humor und Blödsinn. Allerdings gibt es ein persönliches Limit für Videos, wo Leute auf die Fresse fliegen, Frauen begrabbelt werden oder Kinder gegen Wände knallen. Sorry.

Bin norddeutsch. Jedes „Moin" kann schon als Heiratsantrag missverstanden werden. Also bitte auf die Betonung achten und möglichst ohne Lächeln zubrüllen.

Einem dicken Menschen zu sagen, er sei dick, macht allein auf rationaler Ebene schon keinen Sinn, denn der dicke Mensch weiß in der Regel selbst, dass er dick ist.

Einem dummen Arschloch hingegen zu sagen, es sei ein dummes Arschloch, ist wiederum richtig und wichtig. Da das dumme Arschloch ohne fremde Hilfe weder das eine noch das andere von sich zu antizipieren in der Lage ist. Weder rational noch emotional.

Als ich eine Studie las, in der deutlich wurde, dass durch die Erwärmung der Meere die Omega-3-Fettsäure DHA in Mikroalgen und Fisch abnimmt und diese unter anderem zur Erhaltung der Hirnfunktion beiträgt, wurde mir einiges klar zur Zukunft des Homo sapiens.

Auf der Teamsitzung fällt mir wieder ein, was ich an Teamsitzungen nicht mag. Die anderen.

Warum gibt es eigentlich einen Mindestlohn aber keinen Höchstlohn?

Es soll tatsächlich Menschen geben, die denken, Gleichbehandlung hieße, allen Menschen die gleichen Aufgaben zu geben und gleiche Anforderungen an sie zu stellen, anstatt sie bestmöglich nach ihren Fähigkeiten und Wünschen arbeiten zu lassen. Da macht es herzlich wenig Sinn, Begriffe wie Inklusion und Barrierefreiheit zielführend zu diskutieren.

Solange Menschen durch den Klimawandel sterben, nicht genug zum Essen haben, zur Flucht gezwungen oder von uns ausgebeutet werden, ist mir das persönlich völlig egal, wenn jemand schreit: „Wie können die nur Dinge anmalen, diese Kriminellen?!"

Wenn die Verkaufszahlen bei Porsche einbrechen, muss irgendwo ein Millionär bei Lidl einkaufen. Willst du das wirklich?

Was der Protagonist im Thriller, abhängig von seiner Nationalität, kurz vor seinem Tod noch machen würde, wenn ich der Regisseur wäre:

1. US-Amerikaner: Eine letzte Zigarette rauchen

2. Brite: Ein kühles Pale Ale trinken

3. Franzose: Eine Nacht mit einer Frau verbringen

4. Deutscher: Briefkasten entleeren, gelben Sack an die Straße bringen und die Haustür zweimal abschließen.

„Wie ich es hasse, wenn Leute..."

„...den Satz für dich beenden? Ja, finde ich auch zum Kotzen."

Wir sind tatsächlich die einzige Lebensform, die bei Artgenossen von Überfremdung spricht. Muss man auch erst mal schaffen.

FREE PALESTINE! Das ist richtig. Vor allem sollte es befreit werden von Terroristen, Waffen und Hass. Denn das gilt eigentlich für uns alle.

So, wie man vegan Essen mögen kann, ohne ein einziges Kochbuch von Dumpfbacke Attila Hildmann gelesen zu haben, so kann man selbstverständlich auch für den Klimaschutz eintreten, ohne Greta Thunbergs Geschichtskenntnisse als ausreichend zu bewerten.

Wenn dir jemand seinen Einkaufswagen gibt, obwohl da noch ein Euro drinsteckt, du schon deine Geldbörse zückst und er sagt: „Schenke ihn doch einfach weiter." und dich anlächelt, dann kann noch nicht alles schlecht sein.

Follower bekommen! Hier meine ultimativen top-10 Tipps:

1. Klar politisch positionieren. Entweder stramm rechts oder berufsmäßig Fruchtbarkeitssymbole auf Norderney töpfern. Dazwischen interessiert es keinen.

2. Haustiere! Hast du keins, denk dir eines aus. Unter Pinguin oder chilenischer Schleichkatze geht es aber nicht.

3. Hobbies. Bitte keine Comics oder Briefmarken sammeln. Du bist nicht dein Vater! Im Trend: DIY-Kunst produzieren oder Selbsttherapie betreiben.

4. Lifestyle. Hartz 4 oder Angestellter ist langweilig. Dein Zuhause ist ein Wanderzirkus oder auch eine Kommune mit freier Partnerwahl.

5. Dein Profil. NIE, WIRKLICH NIE ein echtes Foto nehmen! Es sei denn, du siehst aus wie Christopher Lambert in Highlander oder Zoe Saldana in Guardians of the Galaxy.

6. Beruf. Du hast nicht einen, sondern mehrere. Und zwar Berufungen, denn einen Chef brauchst du nicht. Du rettest gleichzeitig Schildkrötenbabys auf Galapagos, springst mit einem Bungee-Seil an deinen Eiern vom Eiffelturm und zeigst Olaf Scholz im Kanzleramt auf einem Selfie Hasenohren mit deinen Fingern. Ein bisschen was musst du schon tun!

7. Sport. Ritterturniere und Cosplay sind schon veraltet. Also spielst du Quidditch oder Bike Polo. Sup Yoga ist auch okay. Informier dich!

8. Musik. Du hörst schon lange nichts mehr, sondern spielst selbst acht Instrumente, legst auf, aber nur auf Anfrage und hast ein eigenes Label für Newcomer im Bereich Punk-Gothic-Western-Schlager. Als eine Musikrichtung versteht sich.

9. Verhalten. Du verteilst Herzen, was das Zeug hält und teilst nur den Content der größten Accounts. Schreiben kostet zu viel Zeit. Du selbst postest maximal drei Inhalte pro Tag. Einen morgens, einen mittags, einen abends. Das reicht. Willste gelten, mach dich selten! Und nicht vergessen! Immer ein Bild oder Video dazu. Denk dabei an deine Haustiere, die Hobbys und deine Berufe. YouTube bietet alles dafür, was du brauchst.

10. Okay. Hoffe, ihr habt Spaß gehabt. In Wirklichkeit habe ich nur einen einzigen Tipp. Vergiss alles Genannte und schreibe von den Dingen, die dich bewegen. Aufrichtig und ehrlich. Ob das viele Follower bringt, kann ich nicht versprechen, aber du lernst die richtigen kennen.

Welche Nation? Küche für 30k, aber immer Ristorante Pizza. Tierlieb mit Hund, Katze, Maus, aber täglich 3mal Fleisch von Kuh, Schwein, Huhn. Benz für 70k, aber Matratze 27 Jahre alt. Ölheizung ballert, aber sich über Sonnenbrand im März und zu wenig Schnee beim Skifahren beschweren. Alle zwei Wochen T-Shirts für einen Euro kaufen, aber beim Latte für 6,50 Euro sich über die nachlassende Qualität der Klamotten aufregen. Auf der Autofahrt zum Briefkasten über die Spritpreise meckern. Über Politik schimpfen und nicht wählen gehen. Alles besser wissen, aber es andere machen lassen. Handtücher auf Pool-Liegen stapeln, an Kassen vordrängeln, auf X-Twitter Frauen Dick-pics schicken, aber christliche Parteien alternativlos finden. Um die halbe Welt jetten und den Türken nebenan nicht grüßen. Wegen Impfschäden auf die Straße gehen, obgleich es nur ein Dachschaden ist und Klimaaktivist:innen als radikal beschimpfen, während man einen Radfahrer umkantet. Dem eigenen Sohn sagen, doppelt so stark zurück zu hauen und die Todesstrafe für die Töchter anderer fordern. Für das Recht auf Selbstbeteiligung ne Flinte im Haus aber einem ganzen Land sagen „Lass den Putin mal machen." An einen barmherzigen Gott im Himmel glauben, aber dem Nachbarn wegen der Heckenrose verklagen und ihm das Leben zur Hölle machen. Ich weiß, es ist ein Hammerrätsel.

„In order to create something new on you, you need to get rid of some old stuff. And this is sometimes painful. Because this world is not teaching you to let go things. This world is teaching you to get more and more. To let things go is not the common concept in this world.“

Shi Heng Yi, Shaolin-Meister

Abschied

Ich liebe Neuanfänge, ich liebe Herausforderungen. Stillstand ist der Tod. Also habe ich es jetzt tatsächlich geschafft, vor meinem 50. Geburtstag ein Buch zu schreiben. Das mit dem ‚Baum Pflanzen‘ und ‚Kinder Zeugen‘ war bereits erledigt. Ich weiß nicht, was als Nächstes kommt. Aber ich weiß genau, wem ich danken muss. All den treuen und fantastischen Leser:innen bei Twitter (jetzt X), die mich überhaupt erst auf den Gedanken gebracht haben, meine Geschichten als Buch zu veröffentlichen. Jetzt kann ich hier nicht alle 12.000 Follower:innen nennen. Auch wüsste ich nicht, ob sie überhaupt damit einverstanden wären. Daher bedanke ich mich bei den Treuesten von euch, die sich aufgrund des Buchprojektes schon vorher mit großem Interesse gemeldet hatten und auch mit einer Erwähnung einverstanden waren.

Ein herzliches Dankeschön an:

@alltagimrettung, der schon so lange bei Twitter ist und der tatsächlich einen systemrelevanten Job macht. Im Gegensatz zu vielen Abgeordneten.

@bat_quality, die mich schon kannte, als mich noch keiner las und auch vor großen Accounts keinerlei Respekt hat. Ich liebe Deinen Humor.

@Beccareicht, die mich und viele andere durch ihre liebevollen poetischen Beiträge zum Träumen bringt.

@ChizuNekoNinja, der sich für die Umwelt, die Menschen und den Frieden einsetzt. Kurz: Immer auf der richtigen Seite steht.

@Chrissie_oZ, sanft im Ton, klar in der Botschaft. Eine Bereicherung meiner Timeline.

@ClemensBer84016, ein neuer Mitstreiter im Kampf gegen Rassismus und Ungerechtigkeit.

@DIANAFIEDLER1, eine bodenständige und sehr ehrliche Persönlichkeit, die keine Angst vor Neuanfängen hat. Ich bin dir sehr gerne gefolgt, liebe Diana.

@DK Holzkasper, mit dem ich mich immer gerne austausche. Ein lebendes Beispiel dafür, dass es auch korrekte Ossis gibt. Sogar eine Mehrheit genau genommen.

@eichbjornchen, der Comics liebt und mich drauf gebracht hat, ein Buch zu schreiben. Ohne ihn wäre das gar nicht entstanden. Dankeschön dafür! Nur noch im Blauen Himmel zu finden.

@GBPackersOne, der einen sehr schönen Musikgeschmack hat, öfter auflegt für uns und mir Grünzeug ganz nah gebracht hat. Tolle Fotos!

@gluecksbegabt, ein Account, der ausschließlich sinnvolle Inhalte bietet. Gegen Nationalismus und rechtes Gedankengut.

@Gurkensalat1989: Die Gurkenkönigin ist bodenständig, ehrlich und trifft die Gurke, ...äh den Nagel auf den Kopf.

@InMediasRes14 hat den Blick für berührende Inhalte, regt zum Nachdenken an und ist einfach sehr sehr nett. Alles, was ich an einem Account schätze.

@JoJostsee hat sich offenbar von X-Twitter verabschiedet. Wahrscheinlich aus Gründen. Ist aber wie so viele von uns mit gleichem Namen im Blauen Himmel eingetroffen. Ein Account, der für Umweltschutz und gegen dumpfe Schwurbler und Populisten steht.

@JR unbesiegbar, ein kleiner Account mit klarer Haltung gegen Rechts und gegen Doof. Schön, dass es Typen wie dich gibt!

@kerstinPe3, wer kennt sie nicht? Hat keine Angst vor großen Accounts und legt sich gerne mit diesen an. Und das immer zu Recht. Man muss sie einfach mögen, denn sie hat ein sehr großes Herz!

@Krassie 2, die Menschenhasserin. Mich hasst sie nicht ganz so krass. Hat mir Bildbeschreibungen nahegebracht und hat einen Blick für den blinden Fleck. Streitbar, aber immer mit ehrlichem Kern. Ein Mensch, der einen weiterbringt. Gut so.

@laNin Guidedogs repostet gerne das Netzteil oder Krassie. Hasst Menschen nicht ganz so dolle, liebt dafür Hunde. Treue Followerin mit Herz.

@Lena Lichter, seit 2016 dabei. Witzig, herzlich und politisch korrekt. Jedenfalls in meinen Augen!

@LunaCat 33, mit einem Herz für Tiere und für Menschen. Immer für einen Austausch zu haben und vielfältig interessiert. Einer meiner Kontakte, die ich wirklich vermisse.

@MantzelG: Wer Dunja Hayali oder Union Watch repostet und dazu noch Grips in der Birne hat, der folge ich gerne!

@MichaelaausRe, unprätentiös, nahbar und herzlich. Mittlerweile auch im Blauen Himmel.

@NEFTraveller, Ärztin mit spannenden Büchern und schönen Reisefotos. Politisch klar positioniert. Genauso lange verheiratet wie ich.

@ossipe10, das Erdmännchen, dass gegen Rechts und Ungerechtigkeit aufsteht und viel Humor hat!

@toxicTom, ein Gamer mit Blick für die Realität und einer soliden Haltung gegen AFD und andere Extremisten.

@UliiJot, in diesem Moment auf X gesperrt. Was soll das? Wahrscheinlich von Rechts gemeldet worden. Wie schön, dass es den Blauen Himmel gibt. Ulli ist eine von den Guten!

@WeissbrotDE, wahrscheinlich meine jüngste Followerin. Guter Sinn für Humor. Muss sie auch haben als Schülerin in Deutschland, die dazu noch auf die Bahn angewiesen ist.

Und zum Schluss: Petra! Du wolltest ausdrücklich nicht genannt werden. Daher nenne ich Dich jetzt ohne Account. Denn ich habe Dich sehr gerne. Und daher muss das sein. Fühle Dich gedrückt!

Im Namen zahlreicher anderer Mitstreiter:innen möchte ich meinen Dank auch einer Reihe von Accounts aussprechen, die aufgrund ihres vorbildlichen Charakters, ihrer Menschlichkeit und ihrer klaren Sicht auf die vielen Dinge, die uns beschäftigen, diesen verdient haben:

Aimee, Arne, Campari, Drehmoment, Ella, Icke, Inib, Jeff, John, Jules, KFL, Liv, Marco, Miss Geschick, Marc, Moma, NichtAchim, Platons Tochter, Rico, Soultiger, Stadtaffe, Stefan, Tru5t, Vanda, Wölfin, Zwiebelninja

Dankeschön! Eure Gedanken haben mich immer vorangebracht.

Ende

Bonusgeschichte

Es war ein heißer Urlaub 2017 am Mittelmeer mit der Familie, Hund und Wohnwagen. Sehr heiß... Wir werden es nie vergessen. Der Platz und die gesamte Umgebung waren knochentrocken und die Parzellen klein. Es hatte wochenlang nicht geregnet, und für meinen Geschmack brannte die Sonne viel zu stark. Da jedoch alle immer sagten, am Mittelmeer sei es gerade für Kinder toll, weil dort die Wellen nicht so heftig seien, wie am Atlantik und das Wasser nicht so kalt, wie in der Nordsee, hatten wir die recht lange Fahrt auf uns genommen. Immerhin waren die Nachbarn freundlich, und die Kids, damals neun und zehn Jahre alt, hatten schnell Kontakt. Das Wasser in der kleinen Bucht war saukalt und der Strand so überfüllt, dass gefühlt jeder mit einer Arschbacke auf einem fremden Handtuch saß. Wir kicherten über ein paar ältere Frauen mit ausladenden Hüten und knallrot angemalten Lippen, die dermaßen braun gebrannt waren, dass die faltige Haut an Achmeds Grillhähnchen vorm Rewe bei uns in Oldenburg erinnerte. Offenbar waren sie aber bereits einige Stunden länger gegrillt, als dass dies Achmed für angemessen gehalten hätte. Die Kinder hatten fast ein wenig Angst vor diesen beeindruckenden Gestalten, deren Hobby ausschließlich darin zu bestehen schien, sich einmal pro Stunde im eigenen Saft zu wenden bis die Sonne tiefer stand.

Eines Tages erfuhren wir in den Nachrichten, dass einige Campingplätze bei St. Tropez evakuiert werden mussten, weil es mehrere schwere Waldbrände gab. Aber das hatte mit uns ja nichts zu tun. Wir waren ein gutes Stück entfernt. Abends, wir hatten gerade im Restaurant auf dem Campingplatz Pizza gegessen, roch es merkwürdig nach verbrannten Tannennadeln. Über der Hügelkette, die landeinwärts unseren Platz und noch zwei weitere umschloss, zogen dicke Rauchschwaden auf, während sich am Ende des Platzes die Camper sammelten und wie versteinert Richtung Hügel guckten. Mit lauten Sirenen kamen mehrere Löschzüge am Platz an. Kurz darauf schlossen die Feuerwehrleute ihre

Schläuche an der Hauptleitung an. Alle waren freundlich aber sehr kurz angebunden und wirkten auffällig konzentriert. Einer, der wie der Chef aussah, redete unentwegt ruhig und schnell in ein Funkgerät. Von den anderen Campern konnte uns keiner sagen, was genau los war.

Etwa eine halbe Stunde später wurde es schlagartig heiß und hell. Es war schon spät am Abend. Der gesamte Hügel brannte, erst kaum zu erkennen, Minuten später mit Flammenbergen, mehrere Stockwerke hoch. Während die Menge, inklusive uns, wie in einem schlechten Katastrophenfilm einfach nur dastand und, unfähig zu irgendeinem Sinn stiftenden Verhalten, mit offenen Mündern glotzte, kam lautes Motorengeräusch. Jetzt war klar mit wem der Funkkontakt gehalten wurde. Zwei große Löschflugzeuge flogen in Schleifen immer wieder über unseren Platz zum Meer, um Wasser zu sammeln und dann zur Hügelkette, um es über den Flammen, die unbeeindruckt davon weiter Richtung Campingplatz rasten, abzuwerfen.

Immer wieder, Ladung für Ladung. Wir liefen zum Wohnwagen, wo eigentlich unsere Kinder schlafen sollten. Was natürlich jetzt nicht mehr möglich war. Mit unseren Nachbarn unterhielten wir uns leise, so dass die beiden nichts hören konnten, darüber, was zu tun sei. Von den anderen Campingplätzen kam ein Auto mit Wohnwagen nach dem anderen vorbei gerast. Die Menschen waren teilweise in Panik.

Die Frau des Nachbarn meinte, die Schranke unseres Platzes sei geschlossen, aber wir könnten ihnen hinterherfahren. Ihr Mann würde im Zweifel mit seinem Ford Ranger einfach durchbrechen. Und in dem Moment war ich das erste Mal dankbar, dass es solche Autos gibt. Doch mit unserem Plan wurde es nichts. Die Feuerwehr hatte inzwischen den Platz abgeriegelt. Die Autos, die wegfuhren, kamen fast alle zurück. Das Feuer hatte

sämtliche Wege versperrt. Wir waren drauf und dran, einfach alles stehen und liegen zu lassen und mit Kindern und Hund zum Meer zu laufen. So weit rein wie möglich. Ich überlegte noch, wie ich das mit dem Auto und dem Wohnwagen der Versicherung erklären sollte und musste dann innerlich lachen, weil ich merkte, wie scheißegal das jetzt war. Was man für Gedanken so hat in solchen Situationen. Letztlich blieben wir auf dem Platz bis es Asche regnete. Überall, alles voller Asche. Morgens um vier Uhr etwa hatte es die Feuerwehr geschafft, den Brand zu beherrschen. Wir hatten kein Auge zugemacht und noch ab und zu beobachtet, wie ein paar Brandnester immer wieder aufflackerten. Auch am nächsten Tag noch. Die Feuerwehrleute waren schwarz wie Kohle und völlig fertig. Sie duschten auf dem Platz und blieben noch zwei Tage, bis alles in Ordnung war. Auf der Hügelkette stand kein Baum oder Busch mehr. Die tatsächliche Angst kam erst ein paar Tage später. Als uns allmählich aufging, wie es hätte enden können. Und wir guckten unseren fröhlichen Kindern beim Planschen zu, die offensichtlich nicht eine Sekunde am Erfolg der Feuerwehrmänner gezweifelt hatten mit einem Urvertrauen, dass bei uns nicht mehr vorhanden war.

Ich wünsche niemandem ein ähnliches Erlebnis. Selbst den größten Vollpfosten auf dem Platz war in dieser Nacht etwas klar geworden. Etwas, was uns alle betrifft. Wir haben diesen Planeten ruiniert und sind immer noch dabei. Sicher würde der Kachelmann jetzt sagen, dass der Klimawandel und Temperaturen von 40 Grad Celsius keinen Waldbrand machen können. Und es stimmt ja auch. Es braucht immer einen Funken, der zündet und alles in Gang setzt. Allerdings ist durch den dramatischen Anstieg der Hitze, gerade im Mittelmeerraum, die Waldbrandgefahr deutlich gestiegen. Auch, weil dort immer öfter und länger der Regen ausbleibt und woanders dann literweise in kurzer Zeit Schlimmes anrichtet. Was bleibt, ist eine Vegetation, die gegen Waldbrände nicht mehr resilient ist. Im Gegenteil. Das trockene Material wirkt wie ein Brandbeschleuniger. Ein dunkles, feuchtes, kühles und windstilles Waldklima gehört in vielen Regionen längst der Vergangenheit an. Die Attributionsforschung kann eindeutig zeigen, dass viele Waldbrände durch ein Klima, dass ein Grad kälter wäre, gar nicht erst entstanden wären. Und so kommen wir zu folgenden Zahlen: 2021 verbrannten in Europa ca. 5500 Quadratmeter Fläche. Etwa doppelt so viel wie das Saarland. 20 Prozent davon waren geschützt und zum Erhalt der Artenvielfalt gedacht. Elfmal gab es das sogenannte Katastrophenschutzverfahren, in denen Länder wie vor allem Italien, Griechenland, Portugal und die Türkei Hilfe wie Flugzeuge, Hubschrauber und Feuerwehr anforderten. 2022 verbrannten über 8600 Quadratmeter. Allein in Deutschland wurde eine Fläche der Größe Borkums vernichtet. Seit Beginn dieser Aufzeichnungen 1977 war es lediglich einmal schlimmer, nämlich 1992. Insgesamt gibt es zwar noch keinen klaren Trend für Europa, doch wenn man den Blick global ausrichtet, sind die Zahlen und Prognosen sehr eindeutig. In den USA und Kanada gibt es deutlich mehr große Waldbrände. Der Weltklimarat erwartet für das Jahr 2050 global etwa 27 Prozent mehr Flächenbrände als im Jahr 2000. Weil sich seit der großen Dürre 2018 der Boden in Deutschland noch nicht erholt hat, zog sich die Waldbrandsaison 2022 durch das ganze Jahr und nicht wie gewöhnlich hauptsächlich von Juni bis August. 80 Prozent unserer Wälder haben lichtere Kronen, 45 Prozent deutlich.

Wer immer noch der Ansicht ist, der Klimawandel würde uns hier in Deutschland weniger betreffen, dem ist nicht mehr zu helfen. Zwar kommen ca. 80 Prozent unserer Lebensmittelimporte aus der EU, aber schaut man sich den Handel genauer an, wie dem mit unserem größten Partner, den Niederlanden, stellt man fest, dass dieser zahlreiche Güter wie Reis, Kakao, Bananen, Avocados, Orangen, Mangos usw. selbst importiert hat und diese nach der Weiterverarbeitung an uns verkauft. So kommen etwa 50 Prozent der europäischen Lebensmittelimporte aus nur neun Ländern: Brasilien, USA, Türkei, China, Indonesien, Argentinien, Côte d`Ivoire, Indien und Kanada. Wir sind keine Insel. Wirklich bedrohlich wird es bei Versorgungsengpässen mit Produkten, die der europäischen Landwirtschaft als Ausgangsbasis für die eigene Herstellung dienen. Energie und Viehfutter. Kein Wunder also, dass genau hier die Chance besteht, zwei Fliegen mit einer Klappe zu schlagen. Der wirtschaftliche Umbau hin zur Klimafreundlichkeit ist alles andere als eine Gefahr oder Einschränkung. Ganz im Gegenteil. Je mehr wir auf regenerative Energien setzen, die Sonne, den Wind, die Erdwärme, je weniger die Viehhaltung für unsere Ernährung eine Rolle spielt, desto unabhängiger werden wir. Gleichzeitig ist das der einzige Weg, den Klimawandel abzubremsen. Kommt dann noch das Konsummotto „Besser wenig und gut als viel und billig“ dazu, wäre schon viel getan. Wie viele Dinge brauchen wir wirklich? Wie viel Besitz müssen wir anhäufen? Besitzen wir die Dinge oder besitzen sie uns? Was davon können wir mitnehmen, wenn wir sterben?

Vielleicht ist es eine Minderheit. Aber es gibt sie. Die Menschen, die sich Gedanken machen, die nicht nur im Hier und Jetzt leben, die ihren Kindern keinen kaputten oder korrupten Planeten hinterlassen wollen. Ich habe Hoffnung. Auch, wenn es vielleicht erst mal schlechter werden muss, bevor es besser wird.

Adieu, ihr Lieben